http://www.bbulmedia.com

황하난장

황하난장

조 필 완 신 무 협 장 편 소 설

7

〈완결〉

목차

1장
과유불급

"당했군."

황사의 차분한 말에 서창 제독 태감은 조용히 고개를 숙이고 있을 수밖에 없었다.

"화도 나지 않아."

황사가 차분히 말을 이었다. 일을 진행함에 미심쩍은 것들은 죄다 확인했었다. 자신 역시 대혜왕의 뒤통수를 확실히 후려칠 기회라 생각했지 않았던가.

하지만 결과가 어떤가. 되레 이쪽이 뒤통수를 맞아 버렸다. 그것도 너무 세게 맞아 도리어 차분해질 정도로 말이다.

"대책은 있느냐?"

황사가 물었다. 이번 일로 서창의 권위는 그야말로 바닥으로 떨어졌다. 대혜왕이라는 강적이 없으면 모를까, 지금 상태로는 예전과 같은 권위를 되찾기는 힘든 일이었다.

"……."

서창 제독 태감의 입은 열리지 않았다.

"하아……."

황사는 한숨을 내쉬며 말을 이었다.

"대계를 위해서는 이제 황하를 장악하는 수밖에 없구나."

황하 장악은 군부의 눈을 돌리기 위한 방편이었는데 이제 그것만이 유일한 길이 된 것이다.

"황하 장악도 지금 상태로는 쉽지 않지."

이번 일로 서창의 권위가 땅에 떨어졌다. 황하 장악에 투입한 항산의 인물들이 흔들리지 않을 것이라 장담할 수 없는 것이다.

"서창의 이름이 더 이상 자신들을 지켜 주지 못한다는 사실을 깨닫는다면 항산의 이름 아래 모인 흑도들이 우리에게 붙어 있을 이유가 없으니 말이야."

황사 자신이 내세운 흑도명문의 건설에 흑도거마들이 공감을 하고 두 팔을 걷어붙여 나선 이유야 빤했다. 서창의 이름을 뒤집어쓴다면 불가능한 일도 아니라 생각했기 때문이다. 그런데 이번의 일로 강력한 방패가 되어 왔던 서창의 이름이 종이 짝이 되어 버린 것이다.

"이 상태로는 황하를 장악한다 해도 대계를 진행할 수 없습니다."

굳게 입을 다물고 있던 서창 제독 태감이 입을 열었다.

"그렇기는 하지."

황사가 고개를 끄덕였다. 흑도명문 건설이라는 기치 아래 모인 흑도거마들이 황하를 장악해서 대동의 보급을 방해한다면 군부가 움직일 것이 빤했다.

이번 일로 서창이 대혜왕의 아래라는 인식이 생겼다. 그러니 그들은 대혜왕의 비호를 믿고 거리낌 없이 서창을 두들길 것 아닌가.

"이렇게 된 이상 방법은 하나밖에 없습니다."

대책이 있다는 소리. 하지만 황사의 얼굴은 밝지 않았다. 서창 제독 태감이 말하자고 하는 방법은 그도 알고 있는 것이었다. 되도록이면 쓰고 싶지 않은 방법 아닌가.

"최후의 방법을 쓰자는 게냐?"

황사가 인상을 쓰며 물었다.

"예."

서창 제독 태감이 힘차게 고개를 끄덕였다.

"뒤가 없는 방법이야."

황사가 고개를 흔들며 말했다. 서창이라는 조직도, 황사라는 자리도 거저 만들어진 것이 아니었다.

그들 백련교 후강림파를 빛낼 최고의 기재를 희생시켜 가까스로 만들어 낸 것들이었다.

최후의 방법은 말 그대로 최후의 방법이다. 그것이 실패하면 더 이상 다른 방도가 없는 것이다.

"지금 상태로 다른 방법이 없지 않습니까?"

"직아!"

황사가 서창 제독 태감을 안쓰러운 눈으로 쳐다보았다.

"이번 일로 서창은 기반을 완전히 잃은 것이나 다름없습니다. 대혜왕이 마음만 먹으면 언제든지 무너트릴 수 있는 모래밭 위의 조직이 되었습니다. 아니, 대혜왕이 아니더라도 누구든지 저를 흔들 수 있게 되었습니다. 대혜왕의 눈치를 봐서 실행하지 않을 뿐이지요."

서창 제독 태감의 말대로다. 서창은 이미 끝난 것이나 다름없었다. 어쨌든 서창의 이름으로 위조 전표가 사용되었고 그에 따른 명백한 증거가 남아 있었다.

대혜왕이 이를 크게 문제 삼지 않아 넘기고 당금 황상의 서창 제독 태감에 대한 총애가 식지 않아 유야무야 넘어갔다지만 이건 절대적인 약점이었다.

"살릴 방법이 없지 않습니까? 그렇다면 누가 악의를 가지고 무너뜨리기 전에 우리 손으로 하는 것이 낫지요. 우리가 이득이 되는 방향으로, 대업을 이루는 방향으로 말입니다."

"빨리 빨리 움직여!"

천은 전장 북경 총타. 전장의 아침은 언제나 그렇듯 분주했다. 지게에 은자를 짊어진 장정 수십이 열심히 발을 놀리고 있었다. 금고에서 오늘 하루 전장에서 소모될 은자를 꺼내어 놓는 것이다.

"얼마 올렸지?"

천은 전장 북경 총타를 책임지고 있는 오유가 장부를 펼치며 물었다.

"오전에 쓸 것들로 일단 이십만 냥 올라왔습니다."

장정들을 재촉하고 있던 문사 차림의 중년이 답했다.

"소액 전표는?"

"백, 오천 장, 오십이 일만 장, 십이 사만 장입니다."

"혹시 모르니 일 할씩 더 준비하게."

"예, 전주."

문사의 대답에 오유는 장부를 덮으며 발을 옮겼다.

"전주, 사시(巳時)입니다."

해시계에 붙어 있던 장정이 달려와 시간을 알렸다. 전장이 문을 열 시간인 것이다.

"자, 그럼 오늘도 열심히 내탕금(內帑金)을 불려 보자!"

"예!"

오유의 외침에 전장의 점원들이 크게 답하였다. 천은 전장은 북직례 최대의 전장으로 산서 전장과 함께 중원 전역에서 최고의 신용도를 자랑했다.

당금 천하의 주인인 황제가 전장의 주인으로 나라가 망하지 않는 한 망할 리 없는 곳이니 당연한 일이었다.

그렇게 전장을 연 오유는 자신의 집무실에 앉아 느긋하게 차를 즐겼다. 하지만 평소와 달리 그 느긋함은 일각을 가지 못했다.

"전주! 손님입니다."

전장의 점원이 그를 찾은 것이다.

'이른 아침부터?'

오유는 의아한 생각이 들었지만 일단 몸을 일으켰다.

전장에서 전주를 찾는다는 것은 최소 만 냥 이상의 은자가 움직이는 일.

그만한 은자가 움직이면 전장에 떨어지는 것은 최소 이백 냥. 어쨌든 돈 버는 일 아닌가.

"뉘시던가?"

오유가 발을 옮기며 점원에게 물었다.

"북경부의 육품 관리인 도청길입니다."

점원이 조용히 답했다.

"일보게."

오유는 점원을 원래 자리로 돌려보낸 뒤 접객실로 들어섰
다.

"도 대인께서 이른 아침부터 찾아오시다니 별일이십니다."

오유가 만면에 웃음을 머금고 관복을 입은 사내에게 인사
를 했다.

"급한 일이오. 당장 되겠소?"

관복을 입은 사내, 도청길이 품속에서 전표를 꺼내며 물었
다.

'무슨 일이지?'

오유는 고개를 갸웃할 수밖에 없었다.

다른 곳도 아니고 천은 전장. 당금 황상이 주인인 곳이다.

그 총타를 책임지고 있는 오유의 위치는 낮지 않다는 말이
다. 그런데 북경부 육품 관리 나부랭이가 거두절미하고 제
용건만 말하고 있는 것이다. 당연히 차려야 하는 예의 따위
는 때려치우고 말이다.

인상을 쓸 일이지만 오유는 일단 일에 집중하기로 했다.
도청길이라는 육품 나부랭이가 내놓은 전표가 한두 장이 아
닌 다발인 이유가 컸다.

"흠."

관리답게 소액 전표는 아니었다. 죄다 은자 일천 냥이 넘
어가는 것들.

"전부 본 전장에서 발행한 것들이군요."

천은 전장이 발행한 전표임을 확인한 오유가 말을 이었다.

"총 오만 삼천 냥. 이걸 전부 다 은자로 바꾸시겠다는 겁니까?"

소액 전표로 환전하는 일로 오유 자신을 부르지 않았을 터였다.

"그렇소."

오유의 말에 도청길이 고개를 움직여 긍정을 표했다.

"수수료 천육십 냥을 제외하면 오만 천구백사십 냥입니다. 혼자 오신 듯한데…… 괜찮으시겠습니까?"

이 푼의 수수료를 제외한다하더라도 그 무게는 오백 관이 넘는다. 삼천 근을 훌쩍 넘기는 무게를 한 사람이 들고 갈 수 있을 리 없지 않은가.

"본관의 장원까지 보내 주시오."

"수수료 일 푼이 더 들어갑니다만?"

도청길의 대답에 오유가 물었다.

"보내 주기나 하시오."

도청길이 생각할 필요도 없다는 듯 즉답했다.

"그럼, 오만 천사백십 냥을 오늘 오시(午時)말까지 전해 드리지요."

오유의 말에 도청길이 전표를 내놓았다. 오유가 전표를 받았다는 증서를 작성해서 도청길에게 넘겼다.

"만약 은자가 오지 않으면 어떻게 되는 것이오?"

도청길이 증서를 받으며 물었다.

"도 대인."

그 말에 오유의 얼굴에서 표정이 사라졌다.

"사정이 급해 보여 그냥 있었습니다만, 지금 도 대인의 언행은 도를 넘어서고 있습니다."

오유의 말과 동시에 일어난 서릿발 같은 기세가 도청길의 전신을 휘감았다.

'마, 맙소사!'

전신을 침범하는 한기에 도청길은 살이 에고 뼈가 시렸다.

책상물림의 문관으로 칼을 잡아 본 경험은 없지만, 들은 풍문이 있는 그였다. 이런 현상을 일으킬 실력이 어느 정도인지는 대번에 알 수 있었다.

'천은 전장의 전주는 금의위의 고수 출신이라는 소문이 사실이었어.'

떠도는 소문이 떠오른 도청길의 얼굴이 사색이 되었다. 급한 마음에 잠시 잊었던 사실이 생각난 것이다.

천은 전장의 주인이 누구인지 말이다.

"실언을 했소이다. 어찌 감히 천은 전장의 신용을 의심하겠소. 거금이 걸린 일이라 잠시 정신이 나갔던 모양이오."

도청길이 다급히 변명을 늘어놓았다.

"앞으로는 이런 일 없도록 합시다."

"다시는 없을 것이오."

용서한다는 오유의 말에 도청길이 화색이 되어 답했다. 그 대답에 만족한 오유는 전장의 전주로서 고객의 질문에 성실히 답했다.

"은자가 오늘 안에 도착하지 못한다면 일 푼의 운반료는 돌려드릴 것이고 문제가 생겼을 시에는 전액을 전장에서 책임을 지게 되니 걱정을 하지 않으셔도 됩니다."

"전주! 손님입니다."

오유가 집무실로 돌아와 엉덩이 걸치기 무섭게 점원이 들이닥쳤다.

'오늘 무슨 날인가?'

오유는 인상을 썼다. 전주가 나설 만한 환전 건은 정오를 지나서 일어나는 것이 보통이다. 큰돈을 가진 자들은 느긋하게 움직이는 탓이다.

그런데 오늘은 사시도 지나기 전인데 벌써 두 번째 불려나가고 있는 것이다.

"또 관리인가?"

오유가 물었다.

"예."

혹시나 하고 묻는 것인데 대답이 이따위다.

이번에는 방금 보다 건수가 컸다. 십만 냥이 넘는 전표를
은자로 환전한 것이다.

"돈 벌어서 좋기는 한데……."

오유는 손님이 떠난 접객실에 앉아 인상을 썼다. 이번 손
님도 뭔가 급해 보이는 모습이었지 않은가.

"전주! 손님입니다."

점원의 목소리와 함께 접객실 문이 열리며 들어온 것이 또
관복을 입은 관리다.

이번에도 찾아가는 돈이 만만치 않았다. 십만 냥이 훌쩍
넘은 것이다.

'도대체 무슨 일인 거야?'

관리 셋이 연달아 은자를 찾아갔다.

그것도 직급을 보면 알음알음 모은 전 재산이랄 수 있는
금액들 아닌가. 무언가 일이 있는 것이 분명했다.

"점주, 접객실에 계속 계셔야겠습니다."

"무슨 소리냐?"

"지금 찾아오신 분들이 열 분이 넘습니다."

"설마?"

"예, 죄다 관리들입니다."

그게 끝이 아니었다. 사시가 넘어서자 관복을 입은 관리들이 떼를 지어 몰려왔다.

"한 분씩 들어가야 합니다."

점원이 접객실 앞에서 우글거리는 관리들에게 그렇게 말했지만 통하지 않았다.

"피차 모르는 사이도 아니니, 그럴 필요 없네."

"맞네, 지금 중요한 것은 빨리 전표를 바꾸는 일이지."

누군가의 말에 관리들이 호응했다.

관리들의 재산은 십중팔구가 뇌물로 만들어지는 것들 아닌가. 그런 탓에 관리들은 자신의 재산이 드러나는 일을 원치 않는 것이 보통이다.

하지만 지금은 자신의 자산이 드러나는 일 따위는 별것 아니라는 듯, 둘셋이 한 번에 들어가서 전표를 은자로 바꾸길 원하는 것이다.

'뭔가 일이 터졌어!'

평소라면 있을 수 없는 일이기에 그렇게 생각할 수밖에 없었다.

그렇게 연이어 수십 명의 관리들이 전표를 은자로 바꿔 대자, 천만 냥이 들어 있다는 천은 전장의 금고도 바닥을 드러낼 수밖에 없었다.

[전주, 창고에 남은 금은을 다 합해도 이백만 냥이 안 됩

니다.]

오유의 귓가로 다급한 전음이 들려왔다.

[순서를 기다리고 있는 관리들은?]

오유가 급히 전음으로 물었다.

[정오가 지나서 또 한 무더기 왔습니다. 그래서 지금 백여
명 정도입니다.]

[줄기는커녕 늘었단 말인가?]

수하의 전음에 오유가 기겁해서 물었다. 못해도 관리 한
명이 오만 냥에서 십만 냥을 바꿔 갈 텐데 남은 이백만 냥으
로는 감당이 안 되는 것이다.

[예.]

수하가 맥 빠진 대답을 했다.

[내탕에 요청한 지원은?]

내탕은 황제의 개인 창고. 천은 전장의 수익이 들어가는
곳이다. 그러니 천은 전장에서 돈이 모자랄 때는 내탕에서
돈을 내와야 했다.

[내탕에서 지원을 거부했습니다.]

[지원을 거부해?]

믿을 수 없는 소리에 오유가 다시 물었다.

[모자라는 부분은 산서 전장의 전표로 대신 하라는 지시입
니다.]

[그게 말이 되는 소리야? 내탕에 은자가 없을 리가 없을 텐데!]

수하의 전음에 오유는 기가 찼다.

전표는 전장에 내밀면 언제든지 돈으로 바꿀 수 있다는 믿음이 있기에 가치를 지니는 물건이었다.

그 믿음을 잃는다면 전표는 잘 젖지 않고, 잘 찢어지지 않는 종이 조각에 불과한 것이다.

은자를 원하는 손님에게 은자가 아닌, 타 전장의 전표를 내미는 것은 당장 위기는 벗어날 수 있다 해도 신용도에 큰 타격을 입게 된다.

전장의 이득은 전장의 신용이 결정하는 것 아닌가 말이다.

'설마, 황상께서 전장을 접을……'

오유는 문득 떠오르는 생각에 고개를 흔들었다. 말도 안 되는 소리였다. 천은 전장으로 인해 그간 내탕이 얼마나 윤택해졌는지를 모를 황상이 아니지 않은가.

"십이만 냥, 전원 은자로 환전해 주시오."

"십오만 냥, 나 또한 금자나 은자로 환전하기를 원하오."

눈앞으로 고액 전표 뭉치를 들이미는 관리들의 모습에 오유는 생각을 중단했다. 위에서 시키면 시키는 대로 할 수밖에 없는 것이 자신의 위치 아닌가 말이다.

"후!"

대혜왕은 느긋하게 차 맛을 음미했다. 마시고 있는 차는 평소와 같았지만 그 맛은 각별했다.

당연했다. 이때까지는 서창에서 무슨 짓을 할지 모르는 생활. 차를 마시고 있어도 차 맛을 음미할 여유 따위는 없었다. 오로지 살아남기 위해 서창의 수작을 예측하고 대비책을 만들어야 했으니 말이다.

하지만 지금은 달랐다. 문무백관(文武百官) 앞에서 서창 제독 태감을 지르밟아 확고한 정치적 우위를 차지했지 않은가.

만귀비 일파의 힘은 급감했고 이제 저들이 자신의 눈치를 봐야 하는 시간이 도래한 것이다.

대혜왕이 그렇게 평소와 다른 여유를 즐기고 있자니 급박한 발자국 소리가 울려 퍼졌다.

"전하 급보입니다."

다급한 수하의 목소리.

"말하게."

예전 같았으면 바싹 긴장할 터였으나 작금의 대혜왕은 여유를 잃지 않았다. 무슨 급한 일인지 모르겠으나 서창 제독 태감이 힘을 잃은 지금 그의 여유를 깨트릴 것은 없는 것이다.

"서창에서 전표를 위조했다는 소문이 황도에 퍼졌습니다. 하급 관리 다수가 그 소문을 쫓아 천은 전장에서 전표를 은자로 환전했으며, 상인들도 움직일 조짐이 보이고 있습니다."

"서창 제독 태감을 노린 일이군."

왕 태감에게 원한이 있는 놈들의 수작은 빤했다. 왕 태감이 대혜왕 자신에게 밟혀 힘을 못 쓸 상황이 되니 원한을 지닌 자들이 들고 일어난 것이리라.

"왕 태감만 무섭다는 건가?"

대혜왕의 음성에 슬그머니 노기가 얽혀 들었다. 황상 앞에서 자신이 이번 일은 덮겠다고 천명했지 않은가. 그런데 이 작자들은 자신의 그런 의지를 무시하고 일을 벌인 것이다.

"지금까지 환전된 은자는?"

"팔백만 냥 정도로 알려졌습니다."

거금이다. 하지만 황도 하급 관리들이 끌어모으는 재산을 생각하면 그렇게 많은 인원이 움직인 것도 아니었다.

"크게 걱정할 일은 아니군."

천은 전장의 금고에는 천만 냥의 은자가 준비되어 있다. 게다가 내탕과 연결되어 있는 곳이 천은 전장 아닌가. 내탕에는 그 몇 배의 은자가 쌓여 있었다. 그러니 소문을 가라앉힐 시간 정도는 능히 버틸 수 있는 것이다.

"천은 전장에 협조를 요청하게. 환전자 명단을 확보하고 소문의 근원지를 파악해."

"전하, 금의위에 협조를 요청하는 것이 먼저인 듯싶습니다."

대혜왕의 말에 수하가 엉뚱한 소리를 해 댔다.

"그건 또 무슨 소리인가?"

대혜왕이 의아한 얼굴이 되었다.

"천은 전장에서 금일 금은의 환전 중단을 선언했습니다."

"그런 미친!"

수하의 말에 대혜왕이 지닌 여유가 깡그리 사라졌다. 천은 전장에서의 환선 중난은 소문에 신빙성을 더하는 꼴이 된다. 전장의 신용도는 물론이고 결론적으로 전표라는 물건의 가치를 똥통에 처박는 격인 것이다.

"그 소리를 왜 이제 해!"

대혜왕의 언성이 높아졌다.

"금의위에 협조를 요청해서 경사의 출입을 통제해!"

소문이 경사 밖으로 퍼지는 것을 막아야 했다. 경사 밖으로 소문이 나면 어떻게 일을 수습한다 해도 그동안에 전장 몇 개가 휩쓸려 망해 버릴 것이 분명했다. 그렇게 전장이 망하면 그 전장의 권역 안의 경제는 파탄 나게 되는 것이다.

"미친 내탕의 고자들."

대혜왕의 입에서 욕이 튀어나왔다.

천은 전장이 환전 중단을 선언했다는 것은 돈이 없다는 소리.

천만 냥의 은자를 금고에 쌓아 두고 모자라면 그 몇 배의 자금을 지닌 내탕의 지원을 받는 곳이 천은 전장이었다.

그런데 겨우 팔백만 냥에 환전 중단을 선언했다. 내탕에서 그렇게 하라고 명이 떨어졌다는 소리다.

"이 일이 커지면 어떻게 될지 빤히 알면서……."

내탕의 환관들을 원망하던 대혜왕의 입이 멈췄다. 뭔가 이상했다.

'내탕의 환관들이 나보다 전장과 전표에 대해서 모를 리 없다!'

당연한 일이다. 그들은 황상의 개인주머니를 책임지는 돈놀이의 귀신들 아닌가. 대혜왕 자신이 할 수 있는 판단을 그들이 못할 리 없었다.

'왕 태감의 권력에 눌려 있던 자들이 내탕의 환관들을 움직일 수는 없다. 설마? 내탕의 환관들이 이번 일을 꾸몄다?'

서창 제독 태감을 밀어내고 사례태감의 자리를 차지할 생각을 했을 수도 있다.

'말이 안 돼.'

대혜왕 자신이 없을 때나 가능한 일이다. 자신이 목을 붙여 놓은 서창 제독 태감을 죽이는 일이다. 서창의 역량을 뛰어넘는 힘을 보여 준 자신의 말을 무시해서 적으로 돌리는 일 아닌가.

'게다가 황상의 분노도 감당해야 하지.'

왕직에 대한 황상의 총애는 아직 식지 않았다. 만약 총애가 사라졌다면 자신이 왕직을 살려 두려 해도 황상이 가만두지 않았을 것 아닌가.

'그렇다면 답은 하나.'

대혜왕은 머리가 지끈거렸다. 도대체 상대방이 노리는 바를 짐작할 수 없었다.

'도대체 무슨 수작을 부리려는 거냐, 왕직! 스스로 목을 조른들 무슨 방법이 나온다고 이런 위험한 짓을 하는 거냐!'

그날 황제가 문무백관을 불러 모았다. 소문을 잡지 않으면 제국의 경제가 파탄 날지 모를 상황이니 당연했다.

소문을 신속하고 확실히 잡는 방법은 간단했다. 소문의 원인을 제거하면 되는 일.

"사례감 태감 왕직을 응천부 어마감의 태감으로 명한다."

황명에 대혜왕의 눈이 커졌다.

'파직이 아니라?'

파직이라면 사건이 어느 정도 수습된 다음 다시 불러들일 시도라도 할 수 있었다.

'응천부로 보내다니!'

대혜왕이 생각도 못한 강수 아닌가.

왕직이 누군가. 황태자를 죽이려 한 만귀비 일파의 수장이다. 그런데 황태자의 영지인 응천부로, 적지나 다름없는 곳으로 보냈다. 이건 가서 죽으라는 소리다.

'황상이 왕직을 내쳤다!'

왕직이 황상의 진노를 샀다는 방증. 대혜왕의 예상대로 소문을 흘린 이가 왕직이라는 소리다. 하지만 왕직이 왜 스스로의 목을 조른 것인지 대혜왕은 아직도 이해가 되지 않았다.

돌연한 상황에 문무백관들이 어리둥절하고 있는 사이 새로운 황명이 내래졌다.

"비어 있는 사례감 태감 자리에 상명을 명한다."

황상이 만귀비를 버릴 리 없으니 왕직의 자리에 그를 대신할 새로운 사람을 내세우는 것은 당연한 일. 볼일 끝난 황제가 자리를 떴다.

'이거 새롭게 시작해야 하나?'

익숙한 적이 사라지고 새로운 정적이 등장한 것이다. 대혜왕이 그렇게 쓴 웃음을 짓고 있자니 새롭게 사례태감이 된 환관이 그의 앞으로 다가왔다.

"대혜왕 전하께 사례태감 상명이 인사를 올립니다."

"사례태감이 되신 것을 감축 드리오."

새로운 적의 인사에 대혜왕이 미소로 응대했다.

"왕 태감은 과도한 욕심을 부린 덕에 황상의 총애를 잃었지요."

"사례태감의 말씀대로요."

상명의 말에 대혜왕은 일단 맞장구를 쳤다. 잘 알지 못하는 작자이니 무슨 수작을 부리는지 일단 지켜봐야 했다.

"전하, 신은 왕 태감과는 다르옵니다."

얼핏 들으면 왕직처럼 한방에 허망하게 가 버리는 쉬운 사람이 아니라는 자신감의 표출 같았지만 스스로를 칭하는 호칭이 이상했다.

대혜왕 자신의 대항마로 왕직을 대신하여 사례태감 자리에 앉은 사람 아닌가. 그런데 스스로를 신(臣)이라 칭하고 있다. 기세 싸움을 해야 하는 자리에서 자신을 너무 낮추고 있지 않은가 말이다.

"신은 황상께서 명하시는 일만을 할 것이옵니다."

'만귀비를 지키는 일에 몰두할 뿐 우리들에게 괜한 시비를 걸지 않겠다는 소리일까?'

대혜왕의 눈이 슬그머니 의아한 빛을 머금었다. 하지만 새로운 사례태감은 대혜왕의 그런 눈빛은 아랑곳하지 않고 말을 잇고 있었다.

"황상의 명에 어긋나지만 않는다면 전하의 명을 따를 것이옵니다."

'뭐?!'

대혜왕은 속에서 터져 나오는 당혹성을 가까스로 삼켜야 했다. 이 정도면 이건 숫제 항복 선언이지 않은가.

'황상의 뜻인가?'

대혜왕이 예상 못한 상황에 머리를 굴리고 있자니 황태자 파에 속한 고관들이 그 주위로 몰려들었다.

"전하, 감축 드리옵니다."

"드디어 조정에 광명이!"

새로이 사례태감 자리에 오른 상명이 대혜왕에게 대놓고 항복 선언을 하니 그들로서는 기쁘지 않을 수 없었다.

'체면을 중시하는 황상 아닌가. 새로운 심복으로 삼은 자가 얕보이는 것을 용납할 리 없다!'

대혜왕은 순간 등골을 타고 흐르는 한기를 느꼈다.

"조용!"

대혜왕의 한 마디에 호들갑을 떠는 고관들이 모두 입을 다물었다.

"서창의 전표 위조 건에 대한 일을 궁 밖으로 흘린 것은 왕 태감이었던 것이오?"

대혜왕이 확인을 위해 물었다.

"그렇습니다. 왕 태감의 발악이었습니다. 자신을 미끼로 전하를 해하려 든 것이옵니다."

대혜왕은 상명의 말을 믿을 수 없었다. 왕직이 자신을 노리고 스스로를 미끼로 내세웠다면 이렇게 일이 쉽게 풀릴 리 없지 않은가.

"전하가 기군망상(欺君罔上)의 죄를 범했다 여겨지게 간악한 흉계를 꾸몄습니다만 황상의 혜안을 벗어나지 못하여 그 진노를 샀지요."

상명이 일의 자초지종을 풀어놓았다. 황제 앞에서 전표 일을 덮기로 한 대혜왕의 말과 달리 황제의 뒤통수를 친 것으로 꾸미려 했다는 소리다.

"이번 일에 사례태감께서 황상의 눈과 귀가 되신 것이오?"

대혜왕이 조용히 물었다.

"조그마한 공이 있었을 뿐입니다."

상명 자신이 주도했다는 소리.

'이런 뭐 같은!'

대혜왕은 주먹이 터져라 움켜쥐었다. 목숨을 걸고 부린 왕직의 수작을, 그 암수를 깨달은 것이다.

2장
협상

"이 녀석들 주사(朱砂) 광산까지 가지고 있었어?"

고현이 살피고 있는 장부를 어깨 너머로 살피던 관제도의 입이 쩍 벌어졌다. 주사 광산의 가치는 어지간한 금광과 비견될 정도 아닌가.

"거기 적힌 것 보니 가지고 있었나 보지."

고현이 무덤덤하게 답했다.

"이번 일로 도대체 얼마를 번 거야?"

관제도가 휘둥그레진 눈으로 물었다.

"상당히 벌었지."

장부를 끝까지 살핀 고현의 입꼬리가 살짝 하고 올라갔다.

"오늘 내가 얼핏 살핀 것들만 해도⋯⋯."

관제도는 대충 봤던 장부의 내용을 떠올리며 손가락을 꼽았다.

"헉!"

대강의 계산이 끝나기 무섭게 관제도의 입에서 기겁성이 터졌다.

"사백만 냥! 대충 따졌는데 은자 사백만 냥이 넘어!"

관제도가 호들갑을 떨었다.

"오늘까지 정리된 것만 따지면 정확히는 사백삼십칠만 냥이지."

고현이 별것 아니라는 듯 답했다. 내뱉는 말과 달리 기분 좋아 보이는 미소를 입에 걸고 말이다.

"오늘까지?"

관제도가 눈을 크게 떴다.

"몇 군데 장부가 아직 덜 넘어왔거든."

고현이 태연하게 답했다.

서창의 편에 섰던 태원부와 평양부의 굵직한 흑도들이 이번 일로 정리되었고, 그들의 재산은 일을 주도한 대관장으로 귀속되었다.

이미 낙성방을 정리함에 흑도방파를 털었을 때 얼마의 수익이 발생하는 가를 경험한 고현이었다. 예상되는 수익을 그냥 놓칠 리 없다. 대관장주와 사전에 협의해서 압수될 흑도

방파의 재산 절반을 보장 받았던 것이다.

"그럼 못해도 오백만 냥은 된다는 소리네?"

"최종적으로 육백만 냥은 넘겠지."

관제도의 예상에 고현이 백만 냥을 더했다.

"은자 육백만 냥이 넘는 돈을 벌어 놓고, 우리한테서 염인까지 내놓으라 했던 거야? 너무한 거 아냐!"

관제도가 어이가 없다는 얼굴로 고현을 바라봤다. 고현은 흑도의 재산을 꿀꺽하는 데 그치지 않고 대관장에서 관리하는 염전의 이권도 한 움큼 뜯어 간 것이다.

"그래서, 못 주시겠다?"

고현이 정색을 했다.

"그 무슨 끔찍한 소리를 하시나."

고현의 정색에 관제도의 말이 바로 바뀌었다.

"정말 무지막지하게 벌어들이는구나 하고 감탄하는 것이지."

관제도가 배시시 웃으며 말을 돌렸다.

"대관장의 이득이 내 배는 되거든?"

부럽다는 관제도의 말에 고현이 한마디 했다. 황궁에서 얻을 정치적 이득을 제외하고 산서에서 얻는 금전적 이득만 해도 그랬다.

대관장에서 위조 전표의 원본을 위해 쓴 수백만 냥. 흑도의 자산으로 단번에 채워 넣은 것은 당연했다. 그뿐만이 아니다. 이번 일로 산서 흑도 전체를 실질적으로 움켜쥐게 되었다.

별다른 예산 없이 산서의 감시망을 한층 더 공고히 만든대다 흑도의 사업체가 만들어 내는 수익들이 매년 대관장으로 들어가게 된 것이다.

"그러고 보니 나도 참 박복하네."

"뭐가?"

관제도의 뜬금없는 소리에 고현이 물었다.

"너만 아니었으면 나도 한자리 차지했을 텐데 말이야. 이렇게 복이 없을 수가!"

관제도가 한탄을 했다.

"허!"

그 모습에 고현은 기가 찬 표정을 지었다.

"불괴벽을 가진 네가?"

"군부, 그중에서 구변진에서나 유명하지. 너랑 엮이기 전에 무림에서는 이런 게 있는지도 몰랐을걸."

고현의 반문에 관제도가 부채처럼 고이 접힌 불괴벽을 손에 들고 까닥이며 답했다.

"아버님이 대왕부의 호위지휘사사 아니셨던가?"

"윽."

고현의 말에 관제도가 움찔했다.

"포련의 상인들이 죄다 귀머거리에 장님인 줄 아나? 대왕부 실력자의 아들을 몰라보게. 나와 엮이지 않았어도 알 만한 사람은 다 아는 게 너다."

"우리 아버지 너무하시는군. 아들 팔아먹는 것도 모자라 아들의 앞길을 막다니!"

대관장은 대왕부의 대리로 평양부를 관리한다. 대관장의 체면이 곧 왕부의 체면이다. 그런 탓에 백성들로부터 원망받는 일 많은 흑도의 사업들을 대관장이 직접 운영할 수는 없는 노릇. 그러니 잘 알려지지 않은 군부의 실력자들을 흑도의 인물로 위장시켜 내세울 수밖에 없었다.

평소라면 흑도 세력에게 이권의 관리를 넘기고 그 수익을 뒤로 챙기는 방법을 쓸 법하지만, 흑도의 이권들이 대거 대관장의 손아귀로 들어간 이유가 그 주인들이 서창의 편을 선탓 아닌가.

흑도들을 믿을 수 없는 대관장이기에 군부의 인물들을 밀어 넣기로 한 것이다.

"이번 일로 왕 고자와 그 일파는 끝났다 봐야겠지?"

관제도는 언제 시답잖은 농 짓거리를 했냐는 듯 말을 돌렸다. 왕 고자, 서창 제독 태감을 이르는 말이다. 반 황태자파의 거두이자 만귀비 일파의 수장.

"허."

고현은 관제도의 말에 기가 찼다.

'역시 오랫동안 만귀비 일파와 날을 세운 탓에 기본을 잊은 건가?'

문득 걱정이 되었다. 분명 서창 제독 태감을 끝장 낼 수 있는 패를 대혜왕에게 쥐어 주기는 했다. 하지만 그렇다고 대혜왕이 진짜로 서창 제독 태감과 만귀비 일파를 끝장 내 버린다면 그것도 난감한 일 아닌가.

'괜한 걱정이지.'

서창 제독 태감을 상대로 이때껏 황태자를 지켜 온 대혜왕이었다. 눈앞의 관제도와 달리 일파를 이끄는 수장이다. 그러니 기본을 잊을 리 없었다.

"끝까지 가 봐야 좋을 것 없지."

"무슨 소리야?"

고현의 대답에 관제도가 인상을 썼다.

"황태자 전하가 다음 황제의 좌에 오르는 것은 황상의 뜻이지."

"당연한 소리지."

관제도가 빤한 소리를 왜 하냐는 눈으로 고현을 바라봤다.

"만귀비 일파가 그렇게 힘을 가진 이유는 뭘까?"

관제도의 시선을 모른 척하며 고현이 물었다.

"그거야 황상이 만귀비를 총애하기 때문이지. 거의 어머니 뻘임에도 불구하고 말이야."

관제도가 황제의 그런 심정이 이해가 안 된다는 듯 답했다.

"어쨌든 황상의 만귀비에 대한 총애는 확고하지. 하지만 황태자 전하와 만귀비는 불구대천의 원수."

황태자의 생모는 만귀비의 손에 죽었다.

"게다가 만귀비는 여러 차례 황태자 전하의 생명을 노렸고 말이야."

원래대로라면 폐비되는 것은 물론, 죽어 나가도 모자란 만귀비의 행실이지만 황상께서 싸고도는 상황.

"대혜왕 전하는 황태자를 보호하기 위해 황상께서 불러들인 격이지."

황상이 당금 황족의 제한을 풀지 않았다면 대혜왕이 황태자의 보호자로 나설 수 있을 리가 없었다.

고현이 쭈욱 하니 늘어놓는 말에 관제도는 잊고 있었던 사실을 기억해 냈다.

"황상은 만귀비를 총애하고 그만큼 황태자를 아끼니, 원수인 두 사람이 서로를 헤치지 못하도록 보호자를 붙여 준 격이다. 그 말이지?"

"그래. 상황이 그런데 대혜왕 전하가 만귀비 일파를 끝장

내 버린다면 황상의 체면을 돌보지 않은 격이 되는 거야."

"만귀비를 건들지 않은 선에서는 괜찮은 것 아냐?"

관제도는 어지간히 왕직이 싫은 듯했다.

"왕 고자는 대혜왕 전하가 십 년 가까이 대적해 온 상대야. 그만큼 잘 알고 있지. 게다가 지금은 우위를 차지한 상황이고."

"굳이 새로운 적을 만들어 상대를 알아 가는 일을 되풀이할 필요 없다…… 그 말이군."

"그래."

관제도의 말에 고현이 고개를 끄덕였다. 물론 그 외에도 이유가 더 있었지만 그것은 괜스레 입 밖으로 낼 만한 소리는 아니었다.

"거 아깝네."

관제도가 아쉬운 듯 쩝쩝거리며 입을 다셨다.

"진짜 아쉬워해야 하는 것은 네가 아니라 나라고 보는데?"

고현의 한마디다.

"네가 왜?"

또 무슨 소리냐는 듯 관제도가 물었다.

"어찌 되었든, 이제 서창 녀석들이 이쪽으로는 얼씬도 안할 거란 말이지?"

"뭐, 확실히 그렇지."

고현의 말에 관제도가 고개를 끄덕였다. 이번 위조 전표 일로 엮어서 박살 낸 흑도의 거마들, 서창의 창위가 한둘이 아니었다.

서창의 탈을 뒤집어쓰고 있음에도 무참하게 쓸려 나갔다. 서창 제독 태감이 무슨 수작을 부리려 해도 그 손발이 되어 움직여 줄 흑도 거마들이 산서에서 움직일 엄두를 못 내게 만든 것이다.

"녀석들이 산서에서 무슨 수작질을 부릴 때마다 늘어난 것이 해원장의 재산인데……."

"더 이상 서창 핑계로 우리 대관장을 못 우려먹어 아쉽다는 거냐?"

더 이상 서창 덕에 돈 못 벌어 아쉽다는 고현의 투덜거림에 관제도가 기가 차다는 표정으로 말했다.

"우려먹기라니, 서로 상생한 거지."

관제도의 말에 고현이 느긋하게 답했다.

"틀린 말은 아니지, 그렇기는 하지. 그렇기는……."

관제도가 말꼬리를 흐렸다. 고현의 행각이 대관장에 해가 된 경우는 없었다. 아니, 결과적으로 막대한 이득이 되어 돌아왔다.

하지만 그 일의 준비와 뒤처리를 위해 구르고 굴렀던 동료

들을 본 관제도 아닌가. 팔자에도 없는 조선까지 간답시고
직접 구르기까지 했었다. 그러니 고현의 말이 틀린 것 없는
정론임에도 대뜸 동의하기에는 뭐한 관제도다.

둘이 그렇게 한담을 나누고 있자니 총관이 급히 그를 찾았
다.

"장주, 대관장에서 사람이 왔습니다."

"대관상에서 청한다는 소리시?"

고현이 물었다. 우장사 나리가 직접 찾아온 것이 아니라면
대관장에서 온 사람이 해원장에 찾아와 할 소리는 빤하지 않
은가.

"예."

총관의 대답에 고현과 관제도는 급히 대관장으로 갈 채비
를 했다.

"우장사, 무슨 일이기에 바쁜 사람과 아픈 사람을 부르신
겁니까?"

대관장주, 대왕부의 우장사를 보기 무섭게 관제도가 툴툴
거렸다.

"바쁜 사람과 아픈 사람이라니?"

"벌어들인 돈 계산하느라 바쁘고 그걸 보니 부러워서 배앓
이 하느라 아프지요."

우장사 나리의 물음에 관제도가 히죽거렸다.

"실없는 소리 하려거든 나가 있게."

관제도의 농에 우장사 나리가 냉랭히 대꾸했다.

"문제가 생겼습니까?"

고현이 물었다. 우장사 나리의 반응이 어째 여유가 없어 보이지 않은가.

"서창 제독 태감이 실각했네."

"파직된 것입니까?"

우장사 나리의 말에 고현이 급히 물었다.

"파직 된 것이 아니라 응천부 어마감의 태감으로 좌천됐어."

"응천부, 남직례로 간 것이라면 황상께서 왕 고자를 완전 내쳤다는 말 아닙니까!"

관제도가 놀란 눈이 되어 외쳤다. 놀란 것은 관제도만이 아니었다.

"염전의 이권 대신 그냥 은자로 받겠습니다. 당장 전표를 끊어 주신다면 은자 백오십만 냥으로 만족하지요."

고현이 다급히 말했다.

"넌 또 왜 그래?"

고현의 난데없는 요구에 관제도가 황당하다는 얼굴로 물었다. 고현이 뜯어 가기로 한 염전의 이권을 포기한다는 소리 아닌가.

수백만 냥, 아니, 어쩌면 천만 냥이 넘을지도 모를 은자를 전장에 넣어 두고 있는 것이 고현이었다.

물론 은자 백오십만 냥이 적은 돈이 아니긴 했다. 하지만 당장 돈 필요한 것도 아닌 상황에 장기적인 고수익이 보장된 염전 이권을 겨우 그만한 금액에 포기하겠다니 놀랄 수밖에 없었다.

"죽기 싫으니 그러는 거다. 이대로 역모에 휘말리면 황궁에서 손을 쓰기 전에 본가에서 먼저 손을 쓸 거야. 확실하게 하기 위해서 백부나 아버지가 직접 나설 거라고!"

고현의 언성이 높아졌다.

"역모라니 무슨 소리야!"

관제도는 고현의 말에 기겁을 했다. 갑자기 역모 소리가 튀어나왔으니 당연했다.

"대혜왕께서 서창 제독 태감을 날려 버리는 것은 황상의 체면을 짓밟는 일이라 말했잖아."

"뭐가! 만귀비를 건들지 않는 한도 내에서는 황상께서도 용납할 일이잖아."

"그건 그냥 황태지파의 수장으로 단순히 대명의 신하일 때나 그렇지. 대혜왕 전하는 황족이다. 황족이 황상의 체면을 짓밟았다고. 그게 뜻하는 것이 뭐겠어? 황상이 어떻게 해석

하겠느냐고."

고현이 입술을 잘근잘근 씹었다.

"진짜 대혜왕 전하께서 역심을 보이신 겁니까?"

초조해 보이는 고현의 반응에 관제도가 우장사 나리를 돌아보며 물었다.

"전하께서 역천을 꿈꾸셨다면 내 해원장주를 이렇게 불렀겠나?"

우장사 나리의 대꾸에 관제도는 동의할 수밖에 없었다.

적으로 돌아서면 골치 아픈 작자가 해원장주다.

제 손해 볼 짓 절대 안 하는 인간. 그런 그가 역모를 사전에 안다면 어떻게 할까? 그 사실을 가장 비싸게 사 줄 수 있는 사람, 즉, 황상께 팔아먹을 작자 아닌가.

"본가를 회유할 목적으로 나를 쓸 수도 있지."

고현의 말이다. 이것도 일리 있었다. 고산 최가와의 연결고리로 고현은 최적의 패 아닌가. 진짜 대왕부가 역천을 꿈꾼다면 바다의 패권을 쥔 고산 최가와의 연수는 최상의 수다.

대동의 정예가 북경, 순천부를 함락하려면 넘어야 할 벽이 있었다. 순천부를 지키는 황도 수비군도 수비군이지만, 순천부 인근에는 대동부와 같이 구변진에 속하는 선부가 있지 않은가.

일차적으로 선부에 막히면 그다음으로 요동의 병력이 달려오고, 시간이 지나면 지날수록 대동 군부가 불리해진다.

하지만 고산의 수군이 합류한다면 사정은 달라진다.

바다를 통해 고산의 수군이 움직이면 바로 천진을 장악할 수 있다. 천진의 위치는 북경의 코앞. 천진 수군도 나름 힘이 있다지만 고산 수군과 비할 바는 못 된다.

"상주, 상주노 알다시피 본인은 상주의 본신을 알고 있고, 장주의 가문에 대해서도 잘 알고 있소이다."

우장사 나리의 말투가 변했다. 해원장주 고현이 아니라 고산 최가의 일원인 최도현에게 하는 소리인 것이다.

"대왕부에 역심이 있다면 이렇게 일을 시작도 하기 전에 장주를 불렀겠소? 최가와 손을 잡기 위해 불렀다 말씀하셨는데, 장주께서 생각하기에 장주의 가문이 이런 일에 머리를 들이밀 가문이라 생각하시오?"

우장사 나리의 말이 맞았다. 솔직히 고산 최가는 중앙이 간섭하기 힘든 해상에 자리 잡았기에 잘 살아온 가문 아닌가. 게다가 중앙 권력에 대해서는 현조부의 뼈저린 교훈도 있었다. 그러니 중앙의 변란에 머리를 들이밀 리가 없었다.

"그건 그렇습니다. 본가는 이런 일에 관심을 보일 곳이 아니지요."

고현이 고개를 끄덕이며 우장사의 말을 수긍했다.

"그럼 전하께서는 왜 그러신 겁니까? 역심을 드러내는 것이 아니라면 그럴 필요가 없지 않습니까?"

고현이 물었다.

"전하도 왕직 그 고자 놈의 수에 당한 것이네."

우장사 나리의 말이 편하게 변했다.

"그 말씀은 왕 고자가 자신의 목숨을 걸고 수작을 부렸다는 말입니까?"

고현이 우장사 나리의 어투가 변한 것 따위는 개의치 않고 물었다.

"전하는 위조 전표 건으로 정치적 우위를 점하시고 그 일을 불문에 붙이기로 폐하께 약조하셨네. 그런데 왕 고자가 스스로 소문을 냈지."

우장사 나리가 설명을 시작했다.

"황도가 뒤집어졌겠습니다."

고현이 거기에 추임새를 넣었다.

"하급 관리들이 움직여 황도의 천은 전장에 난리가 났네."

"천은 전장은 내탕과 연결된 곳이라 바로 황상의 눈과 귀가 움직였겠군요."

고현이 고개를 갸웃했다.

"그렇다네. 상명이라는 환관이 일을 주도해서 왕직이 스스로 낸 소문임을 밝혔지. 그 일로 왕직은 좌천되고 상명이라는 환관이 사례태감 자리에 올랐네."

"다행이네요. 어라, 그렇다면 큰 문제가 없는 것 아닙니까?"

우장사의 설명에 관제도가 안도의 숨을 내쉬다가 의아한 얼굴이 되어 물었다.

왕직 대신 상명이라는 새로운 얼굴을 황상이 내세웠다는 소리 아닌가. 그런 이야기를 이렇게 분위기 잡아 가며 할 필요가 없는 것이다.

서창의 수장이 바뀌었다 뿐, 그 손발이 되어 움직여야 할 서창 창위들이 이번 일로 바싹 위축되었지 않은가 말이다.

"하아, 그 상명이 문제였군요."

고현이 한숨을 내쉬며 말했다.

"문제될 것이 없잖아? 이미 대세는……."

고현의 한숨에 관제도가 어리둥절한 얼굴로 물었다.

"상명이 왕직과 한패라면 이 상황에서 전하의 기반을 뒤흔들 한 수가 있어."

"뭐?"

고현의 말에 관제도의 눈이 커졌다.

"상명이 전하의 앞에 납작 엎드리는 거지."

"맞네. 새로이 사례태감이 된 상명이 전하의 신하를 자처했네."

고현의 대답에 우장사가 고개를 끄덕였다.

"그게 어떻게 대혜왕 전하의 기반을 뒤흔드는 한 수가 된다는 겁니까?"

관제도가 이해할 수 없다는 듯 물었다.

"새 사례태감이 왕직을 파직시키는 데 결정적인 역할을 했어."

"나도 귀가 있어 들었다."

고현의 당연한 소리에 관제도가 인상을 쓰며 답했다.

"황상께 왕직은 어떤 인물이지?"

"황상의 한쪽 팔이나 다름없는 인물이지."

위조 전표 사건이 황도에 소문이 나 전표로 돌아가는 중원의 경제가 파탄 날 지경에 이르지 않았으면 황상이 쳐 내지 않았을 인물이었다.

"왜 황상이 왕직을 쳐 냈을까? 왕직이 대혜왕을 치기 위해 주인인 자신의 뒤통수를 무려 두 번이나 쳤다고 생각했기 때문이야. 처음은 대혜왕에게 들키지 않을 자신이 있어서 그랬다 쳐도 두 번째는 용납하기 힘들지."

천은 전장은 황상의 개인 금고인 내탕과 연결되어 있었다. 전표 경제가 흔들리면 가장 막심한 손해를 보는 것은 바로 황상이란 소리다.

"그래서 이 상명을 왕직 대신에 사례태감에 앉혔지. 왕직 대신 만귀비를 지키라고 말이야. 그랬는데 황상의 명을 받고 움직여야 하는 사례태감이, 황태자파의 손에서 만귀비를 지키라고 뽑아 놓은 사례태감이, 황태자파의 수장인 대혜왕 앞에 개처럼 엎드렸단 말이지. 황상께서 어떻게 생각하실까?"

고현이 물었다.

"맙소사!"

관제도의 입에서 기겁성이 튀어나왔다.

황상을 뒷배로 둔 사례태감 아닌가. 황태자 본인도 아니고 그 일파의 수장 따위에게 꿇릴 이유가 없었다.

그런데 상명이 대혜왕 앞에서 꿇었다. 그것은 애초에 상명이 대혜왕의 사람이 아닐까 하는 의심의 기초가 된다. 그렇게 의심하기 시작하면 치닫게 되는 생각은 빤했다.

상명이 만들어 낸 왕직의 좌천도 결국에는 대혜왕의 수작. 그렇다면 왕직이 대혜왕을 치기 위해 수를 쓴 것이 아니라 대혜왕이 자작극을 벌여 왕직을 내치게 만든 게 된다. 감히 말을 바꾸어 황상의 뒤통수를 호되게 후려친 것이다.

게다가 대혜왕은 황족. 황위에 오를 최소한의 명분은 가졌지 않은가.

그런 인물이 이런 행보를 보였다는 것은 자연스레 황상의 마음에 역모라는 의심을 싹트게 하기에 충분한 일 아닌가.

"보통 일이 아니잖아!"

관제도의 얼굴에 우장사 나리의 심각함이 옮아 갔다. 당연했다. 역모에 얽힌 것이다.

역모라면 그 가담자의 구족을 멸하는 것이 기본. 대왕부가 역모의 죄를 뒤집어쓴다면 대왕부의 실력자인 아버지를 비롯해서 관제도 자신의 일가는 모조리 박살 나는 것이다.

"응?"

관제도의 입에서 실성이 흘러나왔다. 우장사 나리의 얼굴이 이상했다. 좀 전까지 있었던 심각한 기운이 서서히 엷어지고 있는 것이다.

"대책이 있는……."

관세도는 우장사를 향해 급히 물으려다가 말을 멈추었다. 그의 머릿속에 떠오르는 한 방법 탓이다.

"하야(下野). 대혜왕 전하가 하야하면 깔끔하게 해결되는군요. 어쨌든, 이번 일로 황태자 일파가 조정에서 우위를 차지했으니 이 기회에 대혜왕 전하께서 황궁의 모든 것을 내려놓으시면……."

"현 상황에서 대혜왕 전하의 하야는 대왕부뿐만 아니라 산서 전역을 불 싸지르는 일이야."

고현이 관제도의 생각에 초를 쳤다.

"어째서!"

역모의 올가미를 뒤집어쓰는 것이 남의 일이 아니기에 관제도는 흥분할 수밖에 없었다.

"대혜왕 전하가 역모를 일으킬지도 모른다는 의심의 기본 전제는 여타 다른 황족과는 다른 그 기반에 있지."

고현의 답이다.

"대왕부가 다른 왕부와 다른 점?"

갑자기 튀어나온 역모 소리에 흥분했다지만 관제도는 머리가 모사란 인물은 아니었다.

"왕부가 자리 잡은 지역, 대동이라서 문제구나!"

바로 군부의 요지인 대동. 대동에 오랫동안 자리 잡은 왕부였기에 군부의 인물들과 남다른 친분을 쌓을 수 있었고, 그 친분이 힘이 되어 만귀비 일파의 전횡에 맞서 황태자를 지킬 수 있던 것이다.

"젠장! 전하께서 지금 하야하셨다가는 역모에 대한 의심이 확신이 되어 버릴 뿐이잖아!"

상황을 파악한 관제도가 악을 썼다.

이미 역모의 의심을 받고 있는 상황이다. 그런 상황에서 대혜왕이 대왕부로 돌아가는 것은 대동 군부를 장악해 군사를 일으키겠다는 행동으로 의심 받을 수도 있는 것이다.

"대책이 있지? 있는 거지?"

관제도가 고현에게 답을 재촉했다.

"황상의 마음속에 황태자 전하라는 확고한 후계자가 있는 것이 불행 중 다행이지."

"그 말은?"

"지금 대혜왕 전하를 역모로 얽어 넣으면 황태자 전하까지 휩쓸릴 수밖에 없다는 말이지."

어찌 되었든 대혜왕은 황태자파의 수장. 게다가 그간 황태자를 실질적으로 보호했기에 황태자와의 정리도 두터운 편이다.

황태자가 대혜왕을 두둔할 가능성은 크고 그렇게 일이 커지면 황태자도 폐위시켜야 했다. 그렇게 되면 만귀비 일파가 황태자를 죽여 버릴 명분이 생긴다. 황태자를 끔찍이 아끼는 황상이니 간신히 살린 아들 죽게 내버려 둘 리 없는 것이다.

"당장 대혜왕 전하를 역모로 얽을 수는 없다는 소리렷다. 두 전하 사이를 갈라놓기 전에는 안전하다는 말이 되니깐. 하아, 진짜 불행 중 다행이네."

고현의 말을 알아들은 관제도가 안도의 한숨을 내쉬었다. 대혜왕 전하와 황태자 전하의 사이는 쉽게 갈라질 것이 아니니 당장 역모에 휘말릴 걱정은 하지 않아도 되는 것이다.

"그렇다면 우장사 나리가 너를 불러서 이런 소리를 할 필요가……."

관제도가 우장사 나리를 바라보았다. 고현의 말대로라면 우장사 나리가 급하게 찾을 일이 아닌 것이다.

아니, 대강 사정을 듣고 고현이 파악할 수 있는 일을 황궁에 있는 대혜왕 전하가 파악하지 못할 리 없지 않은가.

게다가 이 상황에서는 대혜왕 전하가 황태자 전하를 방벽으로 내세운 다음 처신을 잘해 오해를 푸는 것 말고는 별다른 방법이 없는 일이었다.

대왕부를 비롯해 산서에서 황상의 의심을 풀겠다고 섣불리 움직일 수 없었다. 대혜왕 전하의 세력으로 분류된 산서에서 이에 대한 움직임을 보인다면 역모에 대한 황상의 의심을 더욱더 키울 수 있으니 말이다. 그러니 지금 파악한 상황이 다가 아니라는 소리.

관제도가 한 생각을 고현이 못했을 리 없다.

"대강의 상황은 파악했으니 이제 본론을 말씀해 주시지요."

고현이 우장사 나리를 보며 말했다.

"황상이 서창의 해체와 황사의 출궁(出宮)을 명했네."

"황사를 궁에서 내보내요? 황사라면 만귀비 일파의 숨은 실력자 아닙니까?"

우장사 나리의 답에 관제도가 끼어들었다.

고현이 벌인 일로 서창 창위 노릇을 하던 흑도의 거마들을 대거 체포해 그들 사이의 관계를 상당히 파악하지 않았던가.

상명이 계략을 위해 대혜왕 전하 앞에서 바싹 엎드린 상황. 그런 상황에 숨은 실력자까지 황궁을 나간다면 만귀비 알파는 황궁 안에서는 완전 힘을 잃었다는 말이 되는 것이다.

"황상께서 작정을 하셨군요."

고현이 인상을 썼다. 서창을 해체시켰다는 것은 황상의 의심이 확고함을 보여 주는 방증.

새로이 사례태감이 된 상명이 대혜왕의 수하로 의심되니 서창이 대혜왕에게 붙기 전에 날려 버린 것이다.

"대혜왕 전하를 역모로 엮을 수는 없으니 아주 강수를 두시는군요. 일의 전후 상황을 보면 황사 그 작자를 그냥 내보내지는 않을 것이고 그 손에 단서철권(丹書鐵券)을 쥐어 주려 하시겠군요."

"자네 짐작대로네."

고현의 말에 우장사 나리가 고개를 끄덕였다.

단서철권은 공신에게 내리는 쇠로 된 문서였다. 역모에 관여하지 않는다면 당사자는 물론, 그 후손에게도 죄를 물을 수 없다는 문서.

한마디로 단서철권의 소유자가 무슨 짓을 하든 그 죄를 물을 수 있는 것은 황제뿐인 것이다. 황제의 재가 없이 단서철권의 소유자에게 죄를 묻는다는 것은 단서철권을 내린 황제를 모독하는 짓이 된다.

"지금 상황이 상황이니 대혜왕 전하는 그걸 막을 명분도, 아니, 막지도 못하겠군요."

역모의 의심을 받고 있는 상황이다. 그런 상황에 황상의 심기를 건드리면 황상이 앞뒤 생각 안 하고 움직일 위험이 있었다.

"단서철권을 쥔 황사라면 서창의 창위였던 흑도 거마들을 다시 꼬드기는 것은 일도 아닐 터."

아예 황제가 뒷배인 경우니 영원한 흑도 명문을 꿈꾸는 흑도의 거마들에게는 서창의 창위 노릇 하던 때보다 더 좋은 상황.

아니, 단서철권을 지닌 상황이다. 흑도 명문이 아니라 구파와 같은 강호의 주류 세력이 못될 것도 없었다.

"내가 황사라면 일단 개파부터 할 것이네. 단서철권을 하사 받을 정도로 명망 높은 진인인 황사께서 흑도의 거마들을 개화시키겠다는 명분으로 명목상 제자로 들인다면 구파일방과 세가들이라도 과거의 일로 흑도 거마들을 어쩌지 못하게 되니깐. 그다음에는 나라를 위한다는 명분으로 황하의 수적들을 쳐 황하를 장악할 것이고."

우장사 나리가 앞으로 일어날 일들을 말했다.

"그들이 황하를 장악한다면 군부의 보급선이 틀어막히는 것이네. 수적들이 그따위 짓을 한다면 군을 움직이고 거대

방파들을 움직여 박살 내면 그뿐이야. 하지만 그 짓을 하는 게 당금 황상이 단서철권을 수여한 자가 세운 방파라면……."

"군부는 물론 강호의 누구도 손을 쓰기 힘들지요."

"개 같은 고자 놈이 마지막으로 이런 악독한 수작을 부리다니!"

관제도가 이를 갈았다. 그도 그럴 것이 가만히 있으면 군부의 목줄을 황사가 틀어쥐게 되는 것이다.

이를 막기 위해 어떻게든 군부가 움직이면 황상이 쾌재를 부르면 대혜왕 전하를 처단할 것이었다.

단서철권의 권위를, 황상 자신의 권위를 무시한 죄를 물어서 말이다.

"저보고 황사의 황하 장악을 막으라는 것이군요."

"자네밖에 없네."

"저는 공식적으로 군부의 사람으로 알려져 있을 텐데요?"

고현 자신이 움직이면 군부가 움직인 것과 매한가지로 여길 것이 빤하지 않은가.

"하지만 고산 최가의 일원이지요."

우장사 나리가 말을 높였다. 세상에 알려진 고산 최가라면 대혜왕이 마음대로 움직일 집안으로 여기기는 힘들지 않은가.

"아무리 고산 본가의 이름을 쓴다 해도 황상의 위엄을 거슬릴 수 없습니다. 그리고 또 상황을 악화시킬 수도 있습니다. 제가 고산의 일원임을 드러낸다면 대혜왕 전하가 본가와 손을 잡았다는 오해를 살 수도 있습니다만?"

"본인도 그 부분이 걱정이었습니다만, 지금은 장주께서 다 대비가 되어 있음을 알고 있지요."

"억측이십니다. 아무리 저라도 이번 일은 어려운 일이에요."

"장주. 솔직히 이야기 합시다. 일이 이렇게 흘러갈 경우도 대비하고 있었지요?"

"과대 평가입니다."

"어이, 친구."

우장사와 고현이 그렇게 말을 주거니 받거니 하고 있자니 관제도가 끼어들었어.

"왜?"

"너, 얼굴이 웃고 있어."

"뭐?"

관제도의 지적에 고현이 화들짝 놀랐다.

"장주, 원하는 것이 있으시지요?"

"왜 그렇게 생각하십니까?"

"제가 왕 고자의 좌천을 이야기했을 때 장주의 반응이 상당히 격했지요. 대혜왕 전하가 황태자 전하의 그림자에 숨는

다면 얼마간의 시간을 벌 수 있다는 사실을 아시는 분답지
않게 말입니다."

우장사 나리가 미소를 지으며 말했다.

"아하, 그래서 도중에 우장사의 얼굴이 그렇게 평온해지셨
던 거군요."

우장사 나리의 말에 관제도는 좀 전에 느낀 막연한 의문
하나를 풀었다.

"거기서부터 읽혔던 겁니까?"

고현이 질렸다는 표정을 지었다.

"이만하면 되었지 않습니까?"

우장사 나리의 말이다.

"무슨 말씀이신지?"

고현이 의아한 표정을 지었다.

"솔직히 장주께서 내민 시험 아닙니까?"

"에?"

우장사 나리의 그 말에 관제도가 뜬금없이 무슨 소리를 하
는 것이냐는 눈이 되었다.

"장주의 뜻을 곡해 없이 전하에게 전할 수준이 되는지 시
험하신 게 아닙니까?"

우장사가 관제도의 시선 따위는 아랑곳 않고 말을 맺었다.

"거기까지 눈치채셨다면, 뭐, 할 말이 없군요."

평시라면 이런 짓을 할 필요는 없다.

하지만 지금의 대왕부는 고현 자신 외에 다른 대안이 없을 정도로 몰린 상황 아닌가. 그런 극한 상황에서 평소와 같은 능력을 발휘할 수 있는가는 확인해야 하는 것이다.

"하아!"

고현의 대답에 관제도가 한숨을 내쉬며 우장사 나리와 고현을 둘러봤다. 그런 관제도의 시선에 하나의 뜻이 담겼다.

'어우! 징한 것들!'

"솔직히 이번 일은 나 혼자 움직인다고 될 일이 아니니까요. 대왕부에서, 대혜왕 전하께서 보조를 맞춰 주시지 못하면 성공할 수 없습니다. 그렇게 되면 내 목숨만이 아니라 본가까지 휘말릴 텐데 무작정 받아들일 수는 없지 않습니까?"

고현이 앞서 지은 표정은 자신과 무관했다는 듯 담담히 말을 이었다.

"일단 제 계획은 황태자 전하의 허락이, 승인이 필요합니다."

"연락을 하지요. 대가를 말씀하시지요."

"이것 역시 황태자 전하의 보증을 원합니다."

"원하시는 것이 무엇이기에 그런 겁니까?"

우장사가 바싹 긴장한 얼굴이 되어 물었다. 황태자 전하의 보증까지 원한다는 것은 대혜왕 전하가 다룰 수 있는 이권을 넘어선 것이라는 소리 아닌가.

이에 대한 답이 고현의 입에서 짧고 굵게 흘러나왔다.

"황하!"

"쉴 틈도 안 주는구나! 또 무슨 일이기에 나뿐만 아니라 조카손녀사위까지 부른 것이냐?"

무진명이 툴툴거렸다. 그도 그럴 것이 전표 위조 건으로 서창을 물 먹인지 얼마 지나지도 않은 상황이다.

아니, 방평문으로 돌아오기 무섭게 산서로 떠날 채비를 마친 화천생에게 이끌려 다시 해원장으로 와야 했던 것이니 자연스레 툴툴거리는 소리가 나올 수밖에.

"팔황아의 활동은 이제 그만둬야겠습니다."

"왜?"

무진명이 인상을 썼다. 세 고왕부의 요청이 있을 때마다 움직였고 그때마다 거금을 벌던 입장이기에 당연한 일이다.

"서창 녀석들에게 크게 한 방 먹였잖아. 황궁에서 서창의 뒷배인 만귀비 일파의 세가 약해진 상태 아냐? 이런 절호의 기회를 놓치라고?"

뒷감당을 두려워할 필요가 없어졌으니 더욱더 열심히 털어 먹어야 할 때 아닌가. 이번 고현이 꾸민 위조 전표 일로 서창의 정치적 입지가 대폭 줄었다고는 하나, 그래봐야 황궁

안에서의 입장.

강호를 종횡하는 서창 창위들은 일반적인 무림인들에게는 여전히 두려운 존재였고, 그 탓에 그들의 주머니가 두둑한 것은 변하지 않는 일이었다.

"아직 정식 발표는 나지 않았지만 곧 발표가 날 것입니다. 서창이 해체된다고!"

"그럼 정식 발표가 나기 전에 더 털어야지! 서창이 해체되면 하남의 무문들이 서창 창위의 탈을 쓰고 제 놈들 머리 위에서 군림했던 흑도의 거마들을 보고만 있을 리 없잖아!"

하남의 무문 입장 상 흑도 거마들에게 부림을 당해야 했던 자존심도 회복해야 했지만, 그동안 서창의 창위들이 이리저리 끼쳤던 피해를 복구할 기회이기도 하지 않은가.

"황사가 궁을 나올 겁니다. 황상이 쥐어 준 단서철권을 들고 말입니다."

"뭐?"

고현의 말에 무진명의 눈이 커졌다. 그도 그럴 것이 난데없이 단서철권이 기어 나왔지 않은가. 한동안 눈을 껌벅이며 생각을 정리하던 무진명이 입을 열었다.

"아니, 고왕부의 왕이라는 작자가 황궁에서 정치를 하며 과유불급이라는 말도 몰랐다는 건가?"

무진명이 인상을 있는 대로 구기며 대혜왕을 욕했다.

고현이 혈해난장이었던 시절 서로 뒤통수를 때리고 맞던 상대가 바로 철천해마 아닌가.

만귀비 알파의 숨은 실력자인 황사가 단서철권을 들고 황궁을 떠난다는 사실에 대혜왕의 상대가 사례태감에서 황상으로 바뀐 것을 짐작해 낸 것이다.

"대혜왕 전하는 정도를 지켰지요. 다만 상대가 만만치 않았던 것이지요."

고현이 상명과 대혜왕 사이의 이야기를, 자신이 파악한 왕직의 수작을 대략적으로 설명했다.

"허, 그렇다면 황사란 놈이 노릴 것은 빤하네. 백련교 놈. 그것도 후강림파니 황상을 등에 업고 황하를 장악해서 군부를 자극해 내전을 유도하겠다 그거 아냐?"

"그렇지요."

대혜왕과 황제의 사이를 이간질해서 서로 칼을 겨누게 만든다. 대혜왕이 그냥 앉아서 죽으면 정권을 잡고 만귀비를 제이의 무측천으로 만들어 종국에는 이 나라를 망하게 만들려는 것이다.

"그런데, 굳이 비싼 네 녀석에게 맡길 일인가?"

무진명이 고개를 갸웃하며 말을 이었다.

"황사란 놈이 황하를 장악하지 못하게만 하면 되는 일이잖아?"

황하의 거채 중 서창에게, 흑도의 거마들에게 망한 것은 양산박뿐이다. 아직 용문산 수채와 삼문협 수채가 남았다. 그 두 수채를 은밀히 지원해서 황사를 따르는 흑도 거마들과 대리전을 치르게 할 수도 있지 않은가.

"당금 황제가 뒷배로 버티고 있는대다가 걸린 의혹이 역모예요. 그런 상황에서 현 팔황아를 주도하고 있는 하남의 세 고왕부가 대왕부의 편을 들어 준다 확신할 수 있겠어요?"

발을 뺄 것은 하남의 세 고왕부뿐만이 아니다. 팔황아의 인원을 지원하는 무림 세력들 역시 마찬가지.

그렇다면 움직일 수 있는 것은 대동의 군 전력인데 역모를 의심 받고 있는 상황에서 함부로 군을 움직인다는 것은 황상의 의심을 확신으로 바꾸는 자살 행위나 다름없다.

"걸린 것이 크겠는데?"

무진명이 고현을 바라보며 미소를 지었다. 고현이 쉽게 읽은 상황을 무진명이 못 읽었을 리 없었다. 일의 난이도를 확실히 확인하고 자신이 받을 수 있는 몫이 얼마임을 가늠한 것이다.

"일단 저는 본가의 예를 들어 적당한 요구를 했습니다."

고산 최가가 받은 것은 해령후의 직책. 중원을 둘러싼 모든 바다의 전권이다. 그것을 예로 들었다면 고현이 요구한 것도 비슷한 경우일 것이니……

"설마, 황하의 전권을 달라 한 것이냐!"

무진명의 눈이 둥그레졌다.

"목숨 걸어야 하는데 그 정도는 받아야지요?"

고현이 당연하다는 듯 말했다.

"하아, 그걸 달라는 놈이나, 달란다고 덜컥 주겠다는 놈이나!"

무진명의 입에서 즐거운 탄성이 터져 나왔다.

이번 일의 대가로 고현이 손에 넣는 것이 황하의 전권이다.

자신은 고현의 수하가 아닌 동업자. 그렇다면 자신이 이번 일에 참여한다면 그 대가로 황하의 일부 지역이 자신의 손에 떨어진다는 소리다.

"흠."

무진명은 하늘로 치솟으려는 기분을 붙잡아 두고 잠시 앞뒤를 살폈다.

"이런 일에 조카손녀사위 놈까지 부른 것을 보면 고산의 힘을 빌릴 생각이냐?"

무진명이 물었다.

"예, 일이 어떻게 진행되든 고산에서 알 수밖에 없지요. 그러니 저쪽에서 괜한 오해를 하기 전에 미리 연락을 해 놓아야지요."

"젠장!"

무진명의 입에서 욕이 튀어나왔다.

"그렇게 되면 내가 네놈에게 황하의 절반을 내놓으라 할 수 없잖아!"

"뭐, 그렇지요."

"솔직히 말해! 내 몫을 줄이기 위해 고산을 끌어들이려는 거 아냐?"

"고산 본가는 십만대산과 관련된 일을 맡을 건데요? 대신 하실 생각이 있으세요?"

무진명의 투덜거림에 고현이 물었다. 십만대산은 백련교의 총본산. 철천해마의 기반이 남아 있었다 해도 피해야 하는 장소다.

"쳇, 삼분의 일. 그 이하는 안 해!"

"일의 주재자는 접니다. 고산 본가에 떼 주고 무 영감님에게 그렇게 떼 주면 내 손에 뭐가 남아요. 그러니 하남의 황하 지류 정도로 만족하세요."

무진명의 요구에 고현이 단호히 말했다.

"안 해!"

무진명이 고개를 획하니 틀었다.

"일단 고산 본가의 몫으로는 황하 하류를 생각하고 있어요."

고산에게 관리를 떠넘기려면 바다와 인접한 부분을 포함시켜야 하니 당연했다.

"하지만 그 황하 하류의 총책임자로 고산 본가에서 누구를
내세울까요? 그 부분에 대해서 한번 생각해 보시고 결정을
하세요."

고현이 무진명을 달래듯 말했다.

"어?"

고현의 말에 무진명이 염두를 굴렸다. 어쨌든 황하 장악의
주체는 고현이었다.

고현과, 아니, 최도현과 껄끄러워할 인물을 내세울 수는
없다. 거기에 자신의 이름이 올라간다.

고산에서 자신과 고현이 손을 잡은 것을 묵인하고 있다지
만 이걸 공개적으로 인정한 것은 아니었다. 그러니 일이 끝
난 다음 상황을 모르는 자를 내세웠다가는 철천해마 시절의
원한으로 관계가 틀어질 가능성이 컸다.

그런 사정을 생각하면 앞뒤 사정을 다 알고 고산에 속하면
서 자신과 틀어질 가능성이 가장 낮은 자를 뽑아야 했다. 그
런 조건에 가장 부합하는 자가 누구겠는가 말이다.

"나쁘지 않군."

무진명이 언제 고현을 외면했냐는 듯 고개를 바로하고 빙
긋 웃었다.

"천생!"

"예, 대형!"

고현의 부름에 무진명과 함께 온 뒤 한옆에 가만히 서 있던 화천생이 답했다.

"고산에 가 줘야겠다."

고현이 히죽 웃으며 말했다.

"그냥 전서구로 연락하면 안 됩니까?"

화천생이 슬쩍 인상을 구겼다.

고산에 가면 누이를 만나야 했다. 결과적으로 자신의 책임까지 누이에게 떠넘긴 꼴이 된 것이 작금의 상황. 보기 만망한 것이 당연했다.

"무 영감님, 이렇게 되면 그냥 하남 지류로 만족하셔야겠는데요?"

고현이 뚱한 표정으로 화천생의 문제를 무진명에게 떠넘겼다.

"어이, 조카손녀사위! 자네 언제까지 그 계집애 치마폭 안에서 빈둥거릴 건가?"

"제가 대외적으로 움직일 수 없는 이유를 모르시지도 않으시잖습니까?"

무진명의 말에 화천생이 억울하다는 듯 말했다.

"혈해난장이 이끄는 칠파혈해 중 하나라는 놈이 머리가 안 돌아갈 리는 없는데?"

무진명이 의아한 표정으로 고현을 바라보았다.

"십 년이면 강산도 변하는데, 사람이야 몇 년이면 충분하지요. 천생 저 녀석이랑 그간 얼굴 몇 번 본 것이 다예요. 누구처럼 얼굴 맞대고 산 게 아니라서."

고현이 가볍게 대꾸했다. 이제 화천생의 문제는 자신의 소관이 아니라는 듯 말이다.

"허, 장인도 아니고, 그냥 처가댁 집안 어른일 뿐이라 그건가? 누가 보면 내가 나만 잘살자고 돌아다니는 줄 알겠어."

무진명이 인상을 쓰며 화천생을 압박했다.

"처숙조부님. 제 말이 그게 아님을 아시지 않습니까?"

화천생이 당황한 얼굴로 급히 이런저런 변명을 늘어놓았지만 이미 무진명은 그런 말들을 들을 생각이 없었다.

"널 처박은 저 녀석이 이제 된다는데 뭐가 문제야? 아니면 령이 녀석에게 다 말할까? 네 녀석이 방평문을 배로 키울 기회를, 그런 기회를 몇 번이고 만들 수 있는 자리를 찼다고!"

무진명이 방평문주이자 아내인 무영령까지 들먹이자 화천생은 어쩔 수가 없었다. 댓 발은 튀어나온 입으로 고현이 건네주는 두툼한 서신을 받아 든 화천생은 그렇게 고산을 향해 떠날 수밖에 없었다.

"고산이야 네 요청을 받아들인다 해도 저 지랄 같은 백련교 놈들이 과연 네 뜻대로 움직일까?"

무진명이 걱정스럽다는 듯 물었다.

"척하면 착이지요. 무슨 걱정을 그렇게 하십니까? 딴 곳도 아니고 백련교 입니다. 소문을 듣는다면 전후 사정을 모조리 꿰뚫고 제가 부린 수작질까지 눈치챌 작자들이 못해도 다섯은 될걸요?"

"문제는 그중에……."

"걱정하지 마세요. 집안단속 철저한 놈들이잖아요. 그보다는 팔황아의 일이나 진행하자고요. 이게 늦으면 소림 속가와 세 고왕부를 적으로 돌리게 될 테니깐."

3장
각자도생(各自圖生)

"황시!"

요란한 소리와 함께 만귀비가 들이닥쳤다.

"귀비 마마를 뵙습니다."

출궁 준비를 하던 황사는 그런 만귀비를 향해 예를 차렸다.

"황사께서 출궁하신다는 말도 안 되는 소리를 들었습니다. 그 참담(慘憺)한 말이 사실입니까?"

만귀비가 놀란 얼굴로 물었다.

"사실입니다."

황사가 담담히 대답했다.

"그게 말이 되는 소립니까! 직이가, 그 아이가 쫓겨난 지

얼마나 됐다고 황사까지 쫓아낸단 말입니까!"

만귀비의 얼굴이 분노로 일그러졌다.

"내 당장 황상께 따져야겠습니다. 그 천것이 낳은 아이를 위해 이 나를 죽일 셈이냐고!"

"귀비 마마. 그럼 아니 됩니다."

황사가 만귀비를 말렸다. 과거 황상을 졸라 황후를 폐위시킨 만귀비였다. 만귀비가 황상을 설득하기라도 한다면, 그래서 출궁이 무산된다면 왕직이 목숨을 걸고 짜낸 마지막 한 수는 그야말로 무용지물이 되는 것이다.

"황사께서는 억울하지 않습니까? 아니, 이 삭막한 곳에 홀로 남을 이 몸이 애처롭지도 않습니까?"

만귀비가 자신을 말리는 황사를 이해할 수 없다는 듯 노성을 토했다.

[출궁을 하지 못하면 저 참람(僭濫)한 것들을 막을 기회를 잃게 됩니다.]

황궁에 깔린 대혜왕의 눈과 귀를 의식해서 황사는 전음을 사용했다. 그렇게 귀를 울리는 황사의 목소리에 만귀비의 눈이 번뜩였다.

"황사의 말씀은?"

만귀비가 물었다.

[황상께서 아직 저 천출에게 홀려 계십니다만 용안(龍眼)

을 가지신 분입니다. 비록 한쪽이지만 용안을 뜨셨습니다. 그렇게 뜨신 용안으로 대혜왕의 본질을 직접 목도하셨습니다.]

황사가 전음을 사용하여 대강의 사정을 돌려 말했다.

"아아!"

만귀비의 구겨진 얼굴이 펼쳐졌다.

대혜왕을 치기 위한 출궁이며 황상도 이에 동의했다는 소리 아닌가. 즉, 황상은 아직 만귀비 자신을 버린 것이 아니라는 말이다.

"저것들을 치워 버릴 수 있다는 말씀입니까?"

만귀비가 자신의 생각이 맞는지 확인했다.

'하아!'

황사는 속에서 절로 한숨이 나왔다.

대혜왕이 황궁을 장악한 상황은 왕직의 최후의 한 수. 그러니 대혜왕의 의심을 받지 않기 위해 조심할 모습을 보여야 할 필요가 있었다. 하지만 만귀비가 이렇게 협조를 안 해 주니 어쩔 수 없지 않은가.

"예, 마마. 소신 장담컨대 저 참람한 것들을 제 분수에 맞는 자리에 돌려놓을 것입니다."

"자신하십니까?"

만귀비는 황사가 육성으로 말하는지 전음으로 말하는지 애초에 구분을 못하고 있었다.

"새로이 사례태감이 된 상명이 대혜왕의 수족이니 마마를 감시할 것이옵니다. 외롭고 힘든 시간이 될 것이옵니다. 하나, 어심이 귀비 마마를 감싸고 계심을 잊지 마시옵소서."

"단 시간에는 힘들다는 것이군요."

"마마, 소신을 믿으십시오."

"황사를 믿어야지요. 이 박복한 것에는 이제 황사만이 남아 있습니다."

만귀비가 안도한 얼굴이 되어 돌아갔다.

'허, 십여 년 전만 해도 나와 직이가 저 여자의 눈치를 봐야 했는데…… 자식이 뭐기에 그렇게 무서웠던 여자가 저리 망가지는지.'

이때껏 봐 온 대혜왕의 능력이라면 앞뒤 정황을 따져 자신의 계획을 짐작하고 있을 것은 분명했다.

하지만 짐작하고 대비하는 것과, 확신하고 대비하는 것에는 차이가 있기 마련 아닌가. 그래서 짐작은 해도 확신은 하지 못하도록 행동을 했는데 만귀비가 망쳐 놓은 것이다.

황사의 출궁은 조용히 진행되었다. 공신이나 받을 단서철권을 하사받았지만 공개적으로는 황상의 동정으로 알려졌으니 당연했다. 싸움에서 패한 개가 된 처지니 단서철권도 대혜왕의 손에서 간신히 목숨을 부지할 수단 정도로 여길 수밖에.

황사, 천기사사는 황궁을 벗어나기 무섭게 항산으로 내달렸다.

항산은 황궁에서 칠백 리 길. 천자가 제사를 지내는 곳이라 관도가 잘 정비되어 있었다. 관도를 따라 늘어선 역참에서 말을 갈아타 부지런히 달리니 해 떨어지기 전에 도착할 수 있었다.

도관으로 향하는 석조 계단과 그 계단을 내려다보는 일주문. 그리고 산중턱에 위치한 계단의 끝에는 둘레가 이백 장에 달하는 거대한 장원이 존재했다.

바로 항산파였다. 항산은 정식으로 개파를 하지 않았을 뿐 그렇게 문파로서의 모습은 이미 완성되어 있었다.

"장문 사백 아니십니까? 황궁에 계셔야 하는 분이 이렇게 오시다니!"

정문을 지키던 항산의 제자가 놀란 얼굴로 천기사사를 맞이했다. 왕직을 비롯한 황궁의 일은 아직 서창 창위의 탈을 쓴 항산 문도들에게 알리지 않았던 것이다.

당연한 것이 항산의 문도들은 근본이 흑도의 인물들 아닌가. 산서에서의 대패에 이어 왕직의 실각이 알려진다면 뿔뿔이 흩어질 가능성이 크니 말이다.

"급한 일이네. 최대한 빨리 남아 있는 장로들을 소집하게."

"예, 장문."

천기사사의 명에 항산의 문도들이 움직였다. 잠시 후 항산의 장로들, 장원에 남아 있는 흑도의 거마들 십수 명이 몰려왔다.

"장문 어쩐 일이오?"

"왕 공공은 어디 가고 황사께서 직접 오신 게요?"

"산서의 결과가 나온 거요?"

흑도 거마들의 표정이 좋지 않았다. 황궁의 소식을 듣지는 못했지만 산서로 간 동료들이 큰 변을 당했다는 사실은 이미 알고 있는 그들이었다.

그런 상황에서 서창제독태감이 소식을 전하던 평소와 달리, 황궁의 일에 몰두하느라 출입이 없던 천기사사가 직접 왔으니 슬그머니 불안감을 느끼는 것이다.

"산서의 일이 실패했다는 것은 이미 들어 알고 있을 것이오. 그 일이 황태자 파를 공격하는 좋은 구실이 됨도 아실 것이고!"

"결과가 나왔다는 말이군."

"어떻게 되었소?"

"저 군부 잡것들이 잘못을 시인했소?"

천기사사의 말에 흑도의 거마들이 연거푸 물었다.

"역공을 당해 서창이 해체되었소."

천기사사가 담담히 답했다.

"그 무슨 말이오?"

"서창이 해체됐다니!"

"젠장! 끝장났다는 소리잖아!"

"아아, 흑도 명문의 건립이 꿈으로 사라지려는가!"

항산 장로들, 흑도 거마들의 목소리가 중구난방 울려 퍼졌다.

"그럼 여기서 이럴 때가 아니지 않은가!"

"그렇지, 서창 해체가 공표되면 우린 끝장이야!"

"인근의 정파 놈들이 우릴 그냥 둘 리 없잖아!"

"흩어져서는 안 되네."

"그래, 각개격파 당해. 당장 항산에 모인 우리들 머리수를 생각하라고."

"황하에 나간 녀석들을 합류시키면 무림의 태산북두라는 소림사라도 무시 못할 세를 형성할 수 있어."

"멍청한 놈들이! 정파 놈들이 왜 무섭냐? 하나로 안 되면 둘로, 둘이 안 되면 넷으로! 개떼처럼 달려들어 무서운 거잖아! 우리가 뭉치면 무림맹을 만들어서 달려들 거다. 대혜왕이 후원자로 나설 테니 관의 눈치도 볼 것 없이 말이야!"

"조용!"

흑도 거마들의 분분한 의견을 문사 차림의 한 명이 나서서 종식시켰다.

"일단 장문의 말부터 들어 보세."

"혈연(血硯) 노괴. 같은 먹물 출신이라 편드는 건가?"

문사, 혈연서생의 말에 팔뚝 굵은 마두가 나서 외쳤다.

"철비(鐵臂), 그럼 지금 판을 깨자는 건가!"

혈연서생이 팔뚝 굵은 마두, 철비를 바라보며 인상을 썼다.

"이미 답은 나왔잖아!"

철비가 심드렁하니 대꾸했다.

"더 이상 들을게 뭐 있어!"

"그러게 서창이 해체됐다는데!"

다른 마두들이 철비의 말에 동조했다.

"우리에게 항산을 꿈꾸게 만든 자, 우리를 이렇게 한 자리에 모은 저 녀석이 누군가 잊었는가?"

혈연서생이 항산 장로의 신분을 벗어던지려는 흑도의 마두들을 둘러보며 말했다.

"누구긴 누구야, 흑도에서 손꼽히는 사기꾼이지."

철비가 흑도의 마두들을 대표해 답했다.

"그래, 천기사사. 하늘마저 속인다는 사기꾼이지. 주둥이로 하늘의 그물조차 비껴 가게 만든다는 천망회구. 그 빌어먹을 잡종 이후 최고의 사기꾼. 그런 사기꾼이 아무런 가망이 없는데 이곳에 어슬렁어슬렁 나타났겠나? 우리들의 더러운 성질을 아는데?"

듣고 보니 그랬다. 뭐 주워 먹을 게 있다고 저놈이 여기 나타난단 말인가. 판이 깨졌으면 제일 먼저 튈 놈이 천기사사 아닌가 말이다.

"자네 말은?"

"서창제독태감을 대신할 뭔가가 있다는 소리지."

철비의 물음에 혈연서생이 대답을 하며 천기사사에게 고개를 돌렸다.

"안 그렇소? 장문."

혈연서생의 물음에 천기사사가 고개를 끄덕였다.

"불안해하지 않아도 되오. 비록 서창이 해체된다지만 우리의 꿈은 무너지지 않았소. 아니, 그 덕에 흑도 명문의 건립은 현실화 되었소!"

천기사사가 크게 외쳤다.

"사기 치는 거 아냐?"

"앞뒤 잘라먹고 대뜸 결론부터 내는 게 아무래도 그럴듯한데."

호응보다는 의혹의 목소리가 먼저 나왔다.

당연했다. 흑도 명문, 항산파 건립의 대의에 몸을 던진 흑도 거마들은 대다수 서창 창위의 탈을 뒤집어쓰고 황하로 나간 상황.

지금 장원에 남아 있는 항산 장로들은 포섭한 지 얼마 안 되는 흑도의 마두들이었다. 황궁 무고의 무공들과 영약들로 차근차근 꼬드기고 있는 중인 자들.

"만귀비와 황제의 총애를 받던 서창제독태감보다 확실한 줄을 잡았다는 말로 들리오만?"

다른 마두들의 반응 따위는 아랑곳 않고 혈연서생이 큰 소리로 물었다.

"그렇소!"

"황제가 직접 뒤를 봐주기라도 한단 말이오?"

"과연 혈연서생답소!"

천기사사의 대답에 마두들의 눈이 커졌다. 그리고 곧 미심쩍은 눈초리로 변했다.

"황제가 우리 뒤를 봐준다고?"

"왜?"

마두들이 어리둥절한 표정을 지었다. 만귀비와 그 일파들 손에서 황태자를 지키기 위해 고왕부의 번왕인 대혜왕을 불러들여 황태자 일파를 만든 것이 황제가 아닌가 말이다.

"대혜왕의 힘이 도를 넘은 탓이오."

천기사사는 황궁에서 있었던 일을 설명했다. 황제가 당장 대혜왕을 치지 못하는 이유도 같이 말이다.

"장문, 황제가 우리 뒤를 봐준다는 증거가 있겠지요?"

혈연서생이 물었다.

"당연히 있소이다."

답하는 천기사사의 말에 자신감이 넘쳤다.

"가지고 와라!"

천기사사의 말에 항산의 제자 둘이 붉은 비단에 뒤덮인 물건을 가지고 왔다. 대강 보니 위아래가 한 자가 넘고 좌우가 두 자에 가까운 물건이다.

천기사사가 물건을 뒤덮은 붉은 비단을 벗겼다.

그것은 철판이었다. 역모를 제외한 어떤 죄도 묻지 않는다는 어지가 붉은 글자로 확연히 새겨져 있는 물건.

"단서철권이오!"

"맙소사!"

혈연서생의 눈이 커졌다.

"황제 폐하 만세다!"

"흑도 명문 건립이라니! 진짜 꿈이 아닌 거야!"

"과연 흑도 최고의 사기꾼이다!"

"이제 누구도 우리를 흑도로 부를 수 없겠군."

흑도의 거마들이 환호성을 내질렀다. 무림에서 다년간 굴러먹은 그들이었다. 단서철권이 가진 의미를 단번에 파악했다.

아니, 그 잘난 무림의 명문 거파 중에 단서철권을 가진 곳은 단 한 곳에 불과하지 않은가.

천 년 가깝게 이어 온 무림의 거목. 명문 중의 명문이라 불리는 소림사.

소림사와 어깨를 나란히 한다는 무당파에도 없는 단서철권이다. 그런 것을 앞세우고 문파를 여는 것이다.

소림사와 동격이라 주장할 수 있다. 거기에 대해서 무림의 누구도 시비를 걸 수 없었다. 당금 황제가 그렇게 인정했다는 증거가 있으니 당연했다.

"본파를 떠날 분이 계시오?"

천기사사가 미소를 지으며 물었다. 돌아온 대답은 당연했다.

"없소."

"누가 그런 미친 짓을!"

흑도의 거마들이 정색을 하며 답했다.

"좀 전과는 말이 다르오만?"

천기사사가 슬쩍 인상을 썼다.

'그런 것인가?'

혈연서생은 천기사사의 수작을 깨달았다.

'하긴 단서철권이면 확실히 미래가 보장된 경우지.'

태도를 확실히 하라는 것이다. 아니, 항산의 문도로 장문의 명에 확실히 따르라는 것이다.

"장문, 항산의 장로들은 견마지로를 다할 준비가 되어 있습니다."

혈연서생이 대뜸 예를 취하며 외쳤다. 이에 흑도의 거마들도 천기사사의 속셈을 눈치채고 이구동성이 되어 외쳤다.

"장문, 명만 내리십시오!"

"서창이 해체되고 왕 고자가 좌천되었습니다."

"대왕부가 드디어 해냈군!"

책사의 보고에 삼문협의 주인은 환한 얼굴이 되었다.

"이제 고자의 개 노릇을 하며 빌어먹던 놈들을 잡아 죽이는 일만 남았군."

"채주!"

"나도 머리가 있네. 지금 당장은 놈들이 흩어질 때까지 기다리란 말이지?"

책사의 부름에 삼문협 수채의 주인인 타룡(墮龍)은 미소를 지으며 말했다.

"보고를 끝까지 들어 주십시오."

"응?"

책사의 말에 타룡은 의아한 눈이 되었다. 책사의 얼굴이 어찌 편해 보이지 않은 것이다.

"고자의 개들이 뒷배를 잃었다면서? 그런데, 자네 얼굴이 왜 그러나?"

"서창 창위 노릇 하던 놈들이 하나로 뭉쳐서 개파를 했습니다."

타룡의 물음에 책사가 답했다.

"흩어지지 않고 도리어 개파를 했다고?"

"예."

"몰려 있어 봐야 정파 놈들이 들이칠 텐데?"

흑도 출신 거마들이 한데 모여 있는 걸 정파에서 보고만 있을 리 없었다. 그들의 힘이 상당했지만 서창 창위 노릇 하면서 쌓아 온 악업이 있지 않은가. 조정을 장악한 황태자 일파가 그들을 정리할 것이 분명했고 정파들이 이에 동조할 것이 분명했다.

"그게 그렇게 될 상황이 아닙니다."

"무슨 소리야."

"항산파란 이름으로 개파를 한 놈들에게 황제가 내린 단서철권이 있습니다."

"무슨 소리를 하는 건가? 단서철권이라면 소림사의 보물 아닌가."

단서철권은 구백 년 가까운 세월을 소림과 함께 해 왔던 물건이다.

"소림의 그건 당태종이 내린 단서철권이지요. 항산이 개파와 함께 공개한 단서철권은 작금의 새로운 것입니다."

"뭐?"

책사의 말에 타룡의 눈이 커졌다.

"고자가 떨어져 나가고 황제가 붙었다는 것이냐?"

"예."

"왜?"

삼문협의 주인으로 묻지 않을 수 없었다.

"왜 황제가 나서는 건데?"

"대혜왕이 왕 고자를 완전 보내 버린 탓입니다."

"젠장!"

타룡의 입에서 욕이 튀어나왔다.

"대혜왕이, 군부가 너무 나서니 놈들을 이용해 군부를 제어하겠다는 거군."

삼문협 수채라는 거대한 세력의 주인인 그다. 상황을 파악하는 머리가 있는 것은 당연했다.

"조정의 정권 다툼에 애꿎은 우리가 죽어 나가게 생겼잖아!"

상황은 더 안 좋게 흐르고 있었다. 서창이 황하를 노릴 때는 은근슬쩍 도와주는 세력들이 있었다.

서창과 유감이 있는 지역 세력들이 이리저리 그 움직임을 알려 주지 않았던가.

그런데 이제는 그 뒷배가 황제로 바뀌었으니 그런 도움을 기대할 수 없었다. 지금 항산에 찍히는 것은 황제에게 찍히는 것과 다름없지 않은가.

서창에 찍히면 반대파인 황태자 일파의 구원을 바랄 수 있었다. 하지만 황제에게 찍히면 황태자 일파에 도움을 요청해도 그들이 감히 나설 수가 없는 것이다.

"군부의 움직임은?"

타룡이 급히 물었다. 항산의 개잡놈들이 황하를 장악하면 물길로 보급을 유지하고 있던 대동 군부는 목줄을 내놓게 된다. 보고만 있을 수 없는 상황이라는 것이다.

"황제의 눈치를 살피는 듯합니다."

아직 별다른 움직임이 없다는 소리.

지금 대동 군부가 택할 방법은 두 가지. 하나는 수적인 자신들을 은밀히 지원하여 항산과 싸우는 수다.

하지만 대동 군부와 삼문협 수채 사이에 신뢰라는 것이 있을 리 없으니 쓸 수 없는 방법.

그러니 대동 군부가 쓸 수는 하나다. 항산이 황하를 장악하기 전에 대동 군부가 선수를 쳐 황하를 직접 장악해 버리는 것이다.

"불행 중 다행이라 생각해야 하는 건가?"

대동 군부가 움직이면 황하의 수적들은 항산과 군부 사이에 끼여 오도 가도 못하고 망해야 했다.

"용문산에서 연락이 왔습니다."

그가 인상을 쓰고 있자니 수하 하나가 달려와 보고를 했다.

"읊어 봐!"

"서창의 해체로 팔황아가 황하의 일에서 손을 뗀답니다."

"그 마적들은 또 왜 지랄이야!"

타룡이 노성을 내질렀다. 서창을 상대로 싸우고 있을 때 팔황아는 아주 든든한 전력이었다. 그런데 그런 전력이 갑자기 나 몰라라 하고 빠진다니 화가 날 수밖에 없다.

"팔황아의 실체가 용문산 수채와 통하는 하남 마적 연합이 아니라 반 서창 세력이라는 말이 있었습니다만, 아무래도 그쪽이 사실인 모양입니다."

책사의 말대로라면 발을 빼는 것이 당연했다.

항산파의 뒤에 있는 것은 다름 아닌 황제. 단서철권의 권위를 무시하는 것은 황제의 권위를 무시하는 것이 된다. 왕직이라는 총신을 잃고 뿔 난 황제를 건드려 봐야 좋을 것이 없지 않은가 말이다.

"그게 끝이야?"

태룡이 수하에게 물었다.

"팔황아의 원조가 끊겼기에 신안의 방어가 허술해질 수 있으니 제원에서 전력을 뺀다 합니다."

"용문산 녀석들이 제원에서 철수한다고?"

타룡의 눈이 커졌다. 제원은 하남을 흐르는 황하의 지류와 소통하기 위한 요지다.

제원에서 철수한다는 것은 황하 지류를 따라 하남 각지에 산재한 중소 수채들에 대한 영향력을 포기한다는 소리 아닌가.

"철존걸 이 빌어먹을 물귀신이 도대체 무슨 생각을 하고 있는 거야!"

타룡의 입에서 노성이 튀었다. 제원에서 용문산 수채의 전력이 철수하면 삼문협 수채는 나쁠 것이 없었다. 용문산이 제원을 탈환했던 탓에 잃었던 황하 지류에 대한 영향력을 회복할 수 있으니 말이다.

하지만 용문산 수채가 뒤로 빠지는 이유를 알 수 없었다.

"설마, 이 물귀신이 발을 빼겠다는 것은 아니겠지?"

타룡이 불안한 마음을 드러냈다. 최전선에서 병력을 뺀다는 것은 항산 놈들에게 보내는 신호일 수도 있었다. 용문산은 항산과 싸우기 싫다는…….

"채주, 너무 안 좋은 쪽으로 생각하지 마시지요. 딱 봐도 팔황아의 조력을 상실했으니 제원까지 떠맡기에는 힘이 부친 것이잖습니까?"

책사가 좋게 생각하자고 말했다.

"그래도 제원을 포기하면 용문산 놈들이 어렵게 획득한 중소 수채들의 지지를 잃게 된다고. 이게 보통 이권이 아니잖아!"

"그만큼 상황이 어렵게 변했다는 것이지요. 중소 수채들의 지지가 당장의 수익이 되는 것은 아니지 않습니까?"

그건 그랬다. 하남에 뻗어 있는 지류와 연계 되어 수익을 내려면 황하가 평온해야 했다.

지금처럼 강적과 대치하고 있을 때에는 중소수채들을 통해 돈을 벌기는커녕 그들을 위해 돈을 써야 하는 것이다.

"게다가 채주의 우려대로 용문산이 항산 놈들에게 화해의 손을 내미는 것이라면 신원에서, 아니, 섬주 자체에서 발을 빼야지요. 섬주가 어떤 지역입니까? 용문산이 팔황아와 손잡고 서창을 후려쳐서 강탈한 지역 아닙니까?"

상식적으로는 분명히 그랬다.

"젠장, 머리 아프게! 용문산에 연락해. 한번 보자고 말이야!"

타룡이 외쳤다. 용문산에서 무슨 수작을 부리는 것은 분명했다. 그러니 흘러가는 정황만 보고 짐작을 할 게 아니라 상대를 직접 만나 파악하는 것이 나았다.

'응?'

잠결에 느껴지는 위화감에 철존걸은 눈을 떴다. 침상에서 몸을 일으키니 처소의 닫힌 창문이 소리 없이 열리고 있었다.

그리고 창문을 통해 전신을 흑의로 감싼 자가 들어서고 있었다.

"뉘신가?"

철존걸이 물었다. 수채의 경계망을 뚫을 정도의 고수라면 불을 켜지 않았어도 이 정도 어둠을 뚫는 것은 일도 아닐 터.

침상에 걸터앉은 자신을 못 봤을 리 없다. 그런데도 아랑곳 않고 기어들어오는 작자니 살수 따위는 아니라 판단하고 대화를 시도하는 것이다.

"항산에서 왔소."

"항산? 아!"

흑의인의 대답에 철존걸은 고개를 갸웃하다 탄성을 터트린 후 고개를 끄덕였다.

"서창의 창위들이 간판을 바꿨지."

"거추장스런 간판을 뗀 것이오."

철존걸의 혼잣말에 흑의인이 인상을 썼다. 눈가와 입은 내놓은 복면인지라 미간이 찌푸려지는 것이 훤히 보였다.

"뭐 그렇다 치고. 황제의 치세에 보탬이 되기 위해 황하의 수적들을 치겠다며 일어난 곳에서 황하 수적의 두목에게 무슨 볼일이오?"

철존걸이 심드렁히 물었다.

"거래를 하러 왔소."

흑의인이 답했다.

"거래?"

철존걸이 인상을 썼다.

"그쪽과 우리가 거래를 할 만한 사이였던가?"

철존걸의 전신에서 험악한 기세가 피어올랐다. 순식간에 공간을 장악한 기세가 흑의인의 전신을 휘감았다.

우웅!

공간이 조용히 울렸다. 그리고 흑의인의 몸에서 차분히 피어오르는 힘이 철존걸의 기세를 밀어내며 공간을 장악했다.

순간적으로 힘을 폭발시켜 기세를 떨쳐 내지 않고 차분히 가중시킨 힘으로 기세를 밀어낸다는 것은 그만큼 충분한 힘이 있다는 소리.

'내 아래가 아니다!'

철존걸은 구겨진 얼굴을 한층 더 구기며 잔뜩 일으킨 기세를 거둬들였다.

"한 번 거래를 텄으니 두 번도 할 수 있지 않소?"

철존걸의 기세를 밀어낸 일 따위는 대단하지 않다는 듯 흑의인, 항산의 사자가 말했다. 항산이 서창의 간판을 달고 있을 때 상당한 전력이 산서로 들어가는 것을 용인해 준 일을 들먹인 것이다.

"뭐 틀린 말은 아니구려."

철존걸이 슬쩍 미소를 지으며 말을 이었다.

"하지만 우리가 군이 그쪽과 거래를 또 할 필요가 있겠소? 서창의 간판을 달고 있을 때도 삼문협의 벽을 넘지 못한 것이 그쪽 아니오. 게다가 많은 친구들을 잃은 지금 뭘 어쩌겠다는 것이오?"

용문산의 협조로 산서로 들어간 정예들을 모조리 잃은 서창 아닌가.

항산의 이름을 달았다지만 구성원은 이때나 그때나 다름없지 않은가 말이다.

"용문산을 위협하는 것은 우리가 아니오. 설마, 그것을 모른다 하실 셈이오?"

항산의 사자가 조소를 지었다.

"대동 군부를 말하시는 것이오?"

철존걸이 물었다.

"그렇소. 그들이 우리들을 막을 방법은 하나뿐이오."

"우리가 군부의 동향을 모른다 생각하시오? 산서의 움직임은 그쪽보다 우리가 휠 하오만?"

사자의 대답에 철존걸이 코웃음을 쳤다.

"군부가 움직이지 않을 것이라 보시오?"

항산 사자가 싱긋 웃으며 도발했다.

"지금 당장 움직임이 없잖소."

철존걸이 히죽거리며 답했다.

"군부가 당장 움직이지 않는 것은 저번의 일로 우리가 황하를 도모할 힘을 잃었다 판단했기 때문이오."

항산 사자의 말에 철존걸의 입가에 웃음이 사라졌다. 저희들에게 불리한 소리를 털어놓으니 이상한 눈이 될 수밖에 없다.

"우리가 힘을 회복하는 낌새를 보이면 움직일 것이오, 그때가 되면 늦지 않겠소?"

황제를 등에 입은 곳이 항산. 시간이 지나면 그 위세가 강해지는 것은 당연지사다.

"황하를 만만히 보시는구려. 황하 수채를 상대하면서 힘을 비축할 수 있다 보시오?"

철존걸이 으르렁거리듯 위협했다.

"확실히 황하의 거채들이 일치단결한다면 아무리 본 파라

도 힘겹소이다. 하지만 애초에 한 조직도 아닌데 단결하기가
쉽겠소?"

여차하면 서창일 때 했던 거래를 삼문협 수채에 까발리겠
다는 소리. 그렇게 되면 삼문협 수채와의 협력은 물 건너가
게 된다. 아니, 삼문협 수채와도 싸워야 할지도 모른다.

신용을 되찾기 위해서는 서창과 싸움에서 얻은 이득을 토
해 놓는 것은 물론, 팔황아의 빠진 자리를 채우기 전장에 적
극적으로 나서야 했다.

"협박을 하시겠다?"

철존걸의 몸에서 살기가 슬금슬금 피어올랐다.

"게다가 그 사실을 알고 있는 곳이 우리뿐인 것은 아니지
않소?"

그 말대로다. 산서에서 분탕질 치려했던 서창 창위들을 족
친 군부도 알고 있을 것이다.

"군부가 움직인다면 그 사실을 적극 활용할 터!"

군부의 입장 상 항산과 싸울 수 없으니 항산이 끼어들기
전 단숨에 들이쳐 승부를 보려 할 것이다. 그렇게 된다면 그
런 꼼수는 필연적으로 사용할 수밖에 없다는 소리.

"하아……!"

철존걸의 입에서 한숨이 흘러나왔다.

"그쪽과 손을 잡으면 우리에게 무엇을 줄 수 있소?"

철존걸이 물었다.

"영역의 보존."

항산의 사자가 답했다. 대적의 결과가 패망밖에 없는 조직에 그 정도면 후하다 생각할 수도 있었다. 물론 철존걸의 생각은 달랐다.

"그걸로 수하들을 설득할 수 있다 생각하시오?"

철존걸이 인상을 쓰자 항산의 사자가 자신만만한 미소를 지으며 말을 이었다.

"잠채하고 있는 철광, 거기에 산서의 철광 세 곳을 더해 합법적인 채굴권을 주겠소. 덤으로 정강을 지닌 채 옥문관(玉門關)을 지날 수 있는 통행권도."

용문산 수채의 근본을 알기에 내놓을 수 있는 조건이다.

용문산 수채는 오이라트의 일족이 중원에 심어 놓은 자들. 용문산 수채는 오이라트의 요구를 따를 수밖에 없는 곳이었다. 타타르에 의해 약화된 오이라트는 과거의 영광을 꿈꾸는 자들. 무엇보다도 무기의 수급이 중요한 것이다.

"거기에 삼문협의 영역 절반!"

철존걸이 한발 더 나갔다.

"요구가 과하다 보오만?"

복면인의 입매가 일그러졌다.

항산은 양산박 수채를 장악한 상황. 아니, 양산박 수채도

발해에서 도망친 해적들이 차지하고 있지 않은가. 철존걸에게 삼문협의 반을 넘기면 항산의 손에 남는 황하의 이권이 없지 않은가.

"황하를 장악하여 군부의 목줄을 쥔다면 항산은 산서의 모든 이권을 장악할 수 있지 않소. 그에 비하면 과한 요구는 아니라 보오만?"

철존걸이 복면인의 어투를 흉내 냈다.

"흠."

복면인이 망설이는 듯하자 천존걸이 한마디 보탰다.

"이쪽에서 알고 있는 팔황아의 정보를 넘기겠다고 하면 어떻소? 팔황아가 본시 마적들이 아닌 반 서창 세력이었음은 그쪽도 대강 눈치채고 있지 않았소?"

철존걸의 제안에 복면인의 눈이 커졌다.

팔황아가 만약 대동 군부의 수작이라면 대혜왕과 군부의 목줄을 틀어쥘 수단이 하나 더 더해지는 것이고, 만약 다른 세력이라 해도 그것을 빌미로 굴복을 강요해 항산의 전력을 강화시킬 수 있었다. 그러니 복면인의 답은 빤했다.

"좋소."

"팔황아에 대한 정보는 삼문협의 영역을 인계 받은 다음 알려 드리겠소."

팔황아의 정보는 일종의 안전장치다.

용문산 수채가 돌아선 것을 삼문협 수채에 흘려 공멸을 꾀할 수도 있으니 말이다.

그렇게 항산과 용문산 수채 사이에 밀약이 채결되었다.

항산의 사자가 떠나자 철존걸은 자신의 처소에 불을 밝혔다. 잠시 후 문밖에서 그를 부르는 소리가 있었다.

"채주."

"들어오게."

철존걸의 대답에 그의 수하가 방 안으로 들어왔다.

"항산에서 왔다 간 겁니까?"

수하가 물었다. 그 말은 용문산 수채는 항산에서 찾아올 것을 알고 있었다는 소리.

"왔다 갔지."

철존걸이 고개를 끄덕였다.

"뭐라던가요?"

"삼문협의 영역 절반에 철광의 채굴권과 옥문관의 통행증을 준다더군."

"누구랑 다르게 상당히 후하군요."

철존걸의 말에 수하가 탄성을 내질렀다.

"후하지. 욕심 많은 흑도의 거마들이 모여서 만든 방파라 믿을 수 없을 만큼 말이야."

"어떻게 하실 셈입니까?"

"뭘?"

철존걸이 답 대신 뚱하니 되물었다.

"어느 쪽과 손을 잡을 생각이신지 묻는 겁니다."

"빤한 거 아냐?"

철존걸이 미소를 지으며 말을 이었다.

"이길 것 같은 쪽이지."

세력 싸움의 결과는 적을 제대로 파악해서 적절히 준비하는 쪽이 이기기 마련 아니던가.

항산이 정식으로 문을 열고 황제의 은혜를 갚기 위해 황하를 평탄하겠다 선언한 지 한 달.

항산은 활발히 움직이고 있었다. 황하를 후려칠 전력을 끌어모으기 위해 말이다.

"빌어먹을!"

타룡의 입에서 욕이 튀어나왔다.

들어오는 소식이라고는 항산에 어디의 독행거마인 누가 가담했네라는 소식 아니면, 그간 삼문협 수채에 협력했던 조직이 슬그머니 발을 뺐다는 소식이니 당연했다.

"물귀신은? 아직도 바쁘다나?"

타룡이 물었다. 용문산 수채의 채주를 청한 지 보름이 넘었다. 그런데 바쁘다는 소리뿐이고 언제 회동이 가능한지 등의 제대로 된 답변이 오지 않고 있었다.

"답신이 오기는 왔습니다만……."

책사가 말꼬리를 흐렸다.

"물귀신이 무슨 소리를 했는데?"

타룡이 의아한 표정이 되어 물었다.

정상적인 답신이 왔다면 책사가 바로 보고를 했을 것이고, 이전과 동일한 답신이 왔다면 저런 소리를 할 필요가 없는 것이다. 책사로 뭔가 머리를 굴려야 되는 일이 벌어졌다는 것이다.

"제원에서 비무대회를 열자는 제안입니다."

"뜬금없이 비무대회라니!"

타룡이 인상을 썼다.

"삼문협과 용문산의 건재함을 과시해서 협력 세력들의 이탈을 막고, 숨은 인재를 등용하여 사기를 고취시킨 상태에서 바로 결전에 나서 항산파에 최대한 타격을 주자는 취지입니다만……."

그럴듯한 소리이기는 했다. 제원은 항산파를 맞이하는 최전선. 비무대회를 핑계로 전력을 모으면 항산파를 치러 가기 좋은 곳이다. 하지만 책사가 저딴 식으로 말하는 것을 보면 그게 다가 아니라는 말.

"물귀신의 꿍꿍이는 따로 있다?"

"예."

타룡의 말에 책사가 고개를 끄덕이며 말을 이었다.

"용문산을 담당하는 순풍이의 말로는 한동안 하백이 수채를 비웠고, 이틀 전 돌아왔답니다. 못 보던 얼굴 둘을 대동한 채 말입니다. 전후 사정을 꿰맞춰 보면 아무래도 고수를 영입하기 위해 하백이 직접 움직였던 것으로 생각됩니다."

"고수를 영입하기 무섭게 비무대회를 제안했다?"

책사의 보고에 타룡은 하백 철존걸의 속셈을 대강 짐작할 수 있었다.

"빤한 수작이군. 비무대회를 통해 용문산의 힘을 과시하고 이후 황하의 주도권을 잡겠다는 거잖아!"

"아무래도 그런 듯합니다."

타룡의 짐작에 책사가 동조했다.

"흠."

타룡은 인상을 썼다. 철존걸은 천문위에 오른 강자다.

아무리 황하의 사정이 안 좋다 하더라도 그런 강자가 직접 움직여 섭외할만한 고수라니.

'같은 천문위급이라는 건데…….'

드넓은 중원 무림이라 해도 천문위급의 강자는 얼마 되지 않는다.

게다가 천문위 수준의 강자 중 홀로 떠도는 자들은 거의 없다.

대개가 상당한 저력을 가진 거대방파의 주인 아니면 장로급 인사들. 항산의 뒤에 황제가 있는 것이 드러난 상황이다.

중원의 인사들이라면 선뜻 나설 리 없었다.

'몽골족들의 연줄로 새외의 고수라도 포섭한 것인가?'

용문산 수채는 몽골의 후예들로 장성 밖의 몽골족들과 연을 유지하고 있다는 소문이 있지 않은가.

중원을 지배하던 대원제국이 무너진 지 백이십여 년이 흘렀다지만 장성 밖 몽골족들의 강성함은 여전했다.

중원 내륙에서는 눈 씻고 찾아봐도 보기 힘든 군부의 정예들이 북방 장성에 줄줄이 포진되어 있는 것만 봐도 알 수 있지 않은가.

그러니 몽골의 연줄을 탄다면 새외에 있는 천문위급의 고수를 끌어오는 것도 불가능하지는 않을 것이다.

"우리는 어떻게 끌어들일 만한 인물이 없나?"

타룡이 물었다.

"흠흠."

책사가 대답 대신 헛기침을 했다. 답이 빤한 소리를 민망하게 왜 하냐는 것이다.

평소라도 천문위급의 고수를 초청하는 것은 쉬운 일이 아니었다. 그런데 황제를 등에 업은 세력과 적대하는 와중 아닌가.

"하아!"

타룡의 입에서 한숨이 나왔다. 이대로라면 항산을 어떻게 막아 낸다 해도 황하의 주도권을 용문산 놈들에게 빼앗길 듯하지 않은가.

'용문산 놈들이 부럽기는 처음이군. 응?'

대책 없음에 한숨을 쉬고 있자니 갑자기 머릿속에서 번뜩이는 것이 있었다.

'그만한 고수를 포섭했다면 그만한 대가를 내놓아야 하는 법이지.'

하지만 짊어진 것이 많은 용문산 수채가 그런 대가를 쉽게 내놓을 수 없었다.

그러니 주도권을 잡으려는 것이고 거기에서 발생하는 이득으로 포섭한 고수들에게 대가를 지불할 셈인 것이다.

"지금 상황에서 아무 대안 없이 하백의 제안을 거절하는 것은 판을 깨자는 소리밖에 안 되겠지?"

용문산의 조력 없이 홀로 항산과 싸우는 것은 확실히 무리. 게다가 전후 사정이야 어쨌든 용문산은 그들이 주축이 되어 탈환한 제원을 삼문협 수채에 반환까지 했다.

팔황아의 이탈로 용문산으로서는 어쩔 수 없는 선택이었다지만 외부에서 보기에는 그렇지 않았다.

삼문협 수채와 유대를 굳건히 하기 위해 황하 지류에 대한 영향력을 포기하고 물러난 것으로 보일 것이다.

그런 상황에서 용문산 수채의 제안을 삼문협 수채가 거절을 한다는 것은 삼문협이 나서서 유대를 깨는 짓이고, 그렇게 판이 깨져서 각개격파 당해 황하가 항산의 손에 들어간다면 그 모든 책임은 삼문협 수채가 져야 했다.

향후 삼문협의 간판으로는 재기도 불가능할 지경이 될 수도 있다는 말이다.

"항산 놈들 좋은 일만 시켜 주는 꼴이지요."

타룡의 말에 책사가 인상을 쓰며 고개를 끄덕였다. 책사 주제에 별다른 대비 없이 상대의 속셈을 따라 줘야 하는 상황이 마음에 들 리 없는 것이다.

"그러면 방법은 하나뿐이군."

타룡이 쓴 미소를 지었다.

"방법이 있단 말입니까?"

책사의 눈이 커졌다.

"어차피 뜯길 것, 기분 좋게 내주는 거야."

어디의 누군지는 몰라도 대가를 바라고 움직이는 자다.

철존걸이 대가를 약속하고 그들을 불러들였다지만 삼문협이 먼저 그 대가를 지불해 버린다면? 예로부터 돈을 따라 움직이는 자는 돈을 주는 자의 명을 듣지 않았던가.

"확실한 방법은 아니군요."

새외의 고수라면 몽골과의 관계가 있을 것이 분명했다. 그러니 단순히 대가를 지불한다고 삼문협으로 돌아서지는 않을 것이다.

"그래도 아무 대책 없는 것보다는 백배 낫습니다."

책사의 입꼬리가 말려 올라갔다.

'우리 쪽에 서도록 만드는 것은 무리. 그러나 용문산 녀석들 편을 드는 것을 막는 것은 불가능이 아니지.'

채주가 대책의 큰 틀을 제시했으니 그 대책을 구체화 시키는 것은 책사의 몫 아닌가.

"꽉 묶어!"

"이쪽부터 올려야지!"

"야, 오른쪽! 오른쪽! 그쪽은 왼쪽이잖아!"

여기저기서 터져 나오는 고함 소리.

딱! 따닥!

귀를 두드리는 망치질 소리.

제원을 통괄하는 관청이 자리 잡은 현도는 평소와 달리 소음으로 가득 차 있었다.

현도의 중심인 관청 앞 널따란 공터에 백이 넘는 목수들이 동원되어 만들고 있는 비무대가 원인이었다.

황하를 지배하는 두 거채가 힘과 세를 과시할 목적으로 여는 비무대회의 준비다. 그 규모가 거창할 수밖에 없는 것이다.

그렇게 비무대가 설치되는 광경이 한눈에 내려다보이는 누각 위에서 타롱은 인상을 쓰고 있었다. 비무대회의 준비는 순조롭게 진행되고 있으니 그가 인상을 쓸 일은 빤했다.

"물귀신은?"

"아직 신안에 있답니다."

타롱의 물음에 책사가 답했다.

"물귀신이 우리의 수를 읽은 것 같지?"

타롱이 구겨진 얼굴을 한층 더 구기며 말했다.

"아무래도 그런 듯합니다."

책사가 미소를 지으며 답했다.

삼 일 전 신안에 도착한 하백 철존걸이었다. 신안과 제현은 지척. 그 사이를 황하가 가로막고 있다지만 황하 거채 중하나인 용문산의 주인이 배가 없어 황하를 넘지 못 하고 있을 리는 없지 않은가.

그러니 신안에서 엉덩이를 뭉개고 있는 이유는 빤했다. 제놈이 포섭한 고수와 삼문협이 접촉하는 것을 막기 위해서인 것이다.

"자네는 뭐가 좋아 그렇게 환하게 웃고 있나?"

책사의 미소에 타룡이 불편한 심기를 노골적으로 드러냈다.

"생각보다 나쁘지 않은 상황이라 웃고 있습니다."

"상황이 나쁘지 않다?"

타룡이 의아한 얼굴이 되었다.

"예."

책사가 고개를 끄덕였다.

"물귀신이 우리 수작을 꿰뚫고 있는데 상황이 나쁘지 않다고?"

"채주께서 처음 계책을 내놓았을 때보다는 몇 배나 희망적입니다."

타룡의 질문에 책사가 입꼬리를 힘껏 말아 올리며 답했다.

"흠."

타룡이 머리를 굴렸다. 그 역시 거대세력의 수장. 상황을 읽는 눈이나 머리가 나쁜 편은 아니었다. 책사의 장담에 조급함을 내려놓고 머리를 돌리자 이내 상황을 파악할 수 있었다.

"물귀신과 끌어들인 작자들과의 인연이 얄팍하다는 것이군. 우리 쪽을 경계해야 할 만큼."

"그런 것이지요."

타룡의 말에 책사가 고개를 끄덕였다.

"비무 당일 날 오려 들겠군."

"하백은 그러고 싶겠지요."

타룡의 말에 책사가 방긋 웃으며 답했다. 뭐가 더 있다는 소리다.

"응?"

타룡의 머리가 책사의 말에 한 번 더 돌아갔다. 포섭한 작자들과 삼문협 수채와의 접촉을 차단하려 한다면 신안까지 기어 나올 이유가 없지 않은가. 용문산 수채에서 계속 지내다 비무대회 일정에 맞춰서 제원으로 오면 될 일이다.

용문산 수채에 쾌속선 하나 없을 리 없으니 그게 이치에 맞는 일 아닌가. 그런데 신안까지 와서 엉덩이를 뭉개고 있다?

"신안까지 온 것이 물귀신 녀석의 뜻이 아니다? 그런 말인가?"

"예."

타룡의 물음에 책사가 답했다. 신안에 온 것은 용문산의 주인인 하백의 뜻이 아니라 그가 포섭한 고수들의 뜻이라는 말이다.

"그 말은 물귀신이 확실히 그들을 만족시키고 있지 못한다는 말이 되는군."

아니, 저쪽에서 도리어 용문산 수채를 향해 추파를 던지고
있는 꼴이다.

"자네가 신안에 한번 다녀와야겠어."

"예, 채주."

타룡의 말에 책사가 대답을 한 후 물러났다.

"물귀신도 골치가 아프겠군. 욕심이 많은 놈들을 끌어들였
어."

타룡의 입에 미소가 걸렸다. 대강의 사정을 훑으니 결론은
빨랐다. 하백이 포섭한 고수들이 자신들의 몸값을 올리려고
수를 쓰고 있는 것이다.

"채주. 삼문협에서 미끼를 물었습니다."

"그래, 그럼 더 이상 미적거릴 이유가 없군."

수하의 보고에 철존걸이 몸을 일으켰다.

4장
암수(暗手)

"소식 들었어?"

"무슨 소식?"

"황하의 소식 말일세."

"아, 그 비무대회? 왜 가 보려고?"

"이거 장사 한다는 친구가 이렇게 귀가 어두워서야!"

"용문산과 삼문협이 주최한다는 비무대회 말고 황하에 또 무슨 일이 있어?"

"황궁에 있던 도사가 출궁해서 세운 문파 있잖아? 천자께서 단서철권을 베푼 은혜를 갚기 위해 황하를 평정하겠다고 선언한 문파 말이야."

"항산파?"

"그래, 그 항산파가 그 선언대로 황하를 평정했다고 하네."

"무슨 말도 안 되는 소리를! 항산파라 해 봐야 흑도사파들의, 그것도 집도 절도 없이 떠도는, 제 근거지 하나 마련하지 못한 떠돌이들을 규합한 곳이라고. 그런 곳이 황하의 거채들을 평정했다고? 용문산 수채가 어떤 곳인 줄 아나? 화산의 진인들이 탄 배에도 거침없이 올라가 통행료를 걷는 곳이라고! 삼문협 수채는 어떻고, 소림 속가의 표국들도 통행료 깎아 달란 소리를 못하는 곳이야!"

"나도 황하의 거채들이 대단하다는 것은 알아. 하지만 신원에 사는 우리 사돈에게서 연락이 왔어. 자네도 우리 사돈 알잖아? 그 사람이 헛소리 할 사람인가?"

"자네 사돈이 그랬다고?"

"그래, 사돈에게 연락이 왔는데 지금 신원은 난리도 아니래. 그 비무대회를 위해서 신원에 몰려 있던 수채의 중요 인물들이 떼죽음 당했다는군."

"신원에 몰려 있는 황하 수채들의 힘을 생각하면 도저히 있을 수 없는 일이야."

"그럼 자네는 점잖은 우리 사돈이 내게 거짓말을 했다는 건가? 작은 일도 아니고 며칠만 지나면 당장 들킬 거짓말을 사람까지 써 가며?"

항산이 황하를 평정했다는 소문이 빠르게 퍼져 나갔다.

"황하에 대한 소문의 진위는 판명됐는가?"

"사실로 확인됐습니다."

"그게 가능한가?"

황하의 거채들은 구파의 본산들이 나선다 해도 오랫동안 피를 봐야 할 저력이 있는 곳들이었다.

당금 황상이 단서철권을 내렸다 해도 항산은 갓 개파한 신흥방파 아닌가 말이다. 그런데 그런 곳이 구파도 못한 일을 해낸 것이다.

"삼문협 수채의 중요 인물들은 대다수 죽음을 맞이한 반면 용문산 수채의 중요 인사들은 전부 살아서 항산의 깃발 아래 무릎을 꿇었습니다. 그게 뜻하는 바가 무엇일까요?"

"용문산 수채가 항산과 손잡고 삼문협의 뒤통수를 쳤다?"

"이번 비무대회 자체가 함정이었을 가능성이 큽니다. 비무대회를 핑계로 삼문협 수채의 핵심 인사들을 한자리에 모으고 용문산 수채와 항산이 앞뒤에서 들이쳤겠지요."

"용문산 수채가 왜?"

"항산의 황하 장악은 무림의 싸움이 아니라는 말이 돌고 있습니다."

"그건 또 무슨 말인가?"

"항산의 전신은 서창이라는 말이 있습니다. 그리고 항산의 장문인이 만귀비 일파의 숨은 실력자였단 소문도 있고요."

"그 말은?"

"항산이 개파하자마자 한 일이 황하 장악입니다. 황하가 어떤 곳입니까? 강북 물류의 중심입니다. 대동 군부의 보급을 책임지는 목숨 줄이지요."

"항산의 뒤에 황제가 있고, 황하를 쥐면 대동 군부의 목줄을 쥐는 것이다? 그렇다면?"

"서창이 해체되고 서창제독태감이었던 왕직이 남직례로 좌천되었지요. 이런 일련의 상황들을 볼 때 이 일은 황상이 대동 군부를 등에 업은 대혜왕을 견제하기 위한 방편일 가능성이 높습니다."

"그렇단 말이지. 그럼, 황하를 장악하는 걸로 항산의 행보가 멈출 리 없다는 소리잖나? 멍하니 지켜보고만 있을 일이 아니군."

"그렇지요."

"어떻게 해야 되지?"

"용문산 수채의 지리적 위치를 생각하면 대동 군부의 동향에 밝을 수밖에 없습니다. 그런 용문산이 항산을 선택하였습니다. 그 이유가 무엇이겠습니까?"

"항산이 일단 황하를 장악하면 대동 군부가 어떻게 손을 쓸 방법이 없다라는 말인가?"

"그뿐만이 아닙니다. 항산의 깃발 아래 들어간다는 것은 소림, 화산, 아니, 그 어떤 정파의 눈치도 볼 필요가 없는 것이 됩니다. 용문산 수채의 입장에서는 황하의 물류를 제 마음대로 할 수 있다는 말입니다."

"우리 같은 흑도 입장에서는……."

"예, 항산의 비호만 받을 수 있다면 흑도 천하가 열리는 것이지요!"

그렇게 황하 인근의 흑도 방파들이 항산에 가담하기 시작했다.

"팔황아의 두령은 여녕부에서 최근 들어 세를 떨치고 있는 방평문의 총호법이오."

삼문협의 수적들을 몰살시킨 뒤 하백 철존걸이 항산에 넘긴 팔황아의 정보였다.

"장문, 방평문에 대한 보고서입니다."

항산의 문도는 천기사사는 물론, 그 자리에 모인 항산의 핵심인사들에게 문서들을 건넸다. 항산이 여녕부의 흑도들을 통해 수집한 방평문과 그 핵심 인사에 대한 정보였다.

"흠."

천기사사는 보고서를 재빨리 훑었다. 방평문은 소림 속가

무문도 아니고 천중문이라는 천중산에 자리 잡은 도문의 속
가제자들이 모여서 이루어진 신흥 무문이었다.

　문주가 어린 나이의 여자란 것과 초극고수가 일곱이나 속
해 있는 것이 신기했지만 그뿐이었다.

　'문주와 장로 호법들을 제외한 문파 자체 전력은 크게 걱
정할 만한 것은 아니야.'

　문파의 성립과 발전 과정을 보면 문주의 숙조부라는 무진
명이 합류하지 않았다면 애초에 존속할 수도 없었던 곳이다.

　'무진명이라……'

　이백여 명의 마적들을 멸절 시키고 절정 수준에서 정체되
어 있던 천중문의 속가 둘을 초극으로 이끌었다.

　게다가 이후 찾아온 제자 둘도 초극고수. 그런데 귀향 후
이백 마적을 멸절시키기 전까지는 중원 무림에 이름이 전혀
알려지지 않았다.

　그럴 경우는 대개 두 가지. 정체를 숨기고 있거나 중원 무
림과 동떨어진 곳에서 활약을 했거나 말이다.

　'전후 사정을 꿰맞추면 소문대로 군문 출신이 확실하단 말
이지.'

　그렇다면 팔황아의 배후는 대동 군부일 가능성이 높아지는
것이다.

　팔황아의 배후에 대한 증거를 확연히 잡으면 대동 군부의

결속을 흔들 수 있는 패가 되는 것이다.

항산이 황하를 장악한 상태에서 대동 군부의 결속이 흔들리면 대혜왕 실각은 물론이고 군부의 장악도 어려운 일이 아닌 게 된다.

'포섭을 할 수 있으면 좋은데.'

천기사사는 문서의 내용에 인상을 쓸 수밖에 없었다. 방평문의 수익 상당수가 대관장과 연관되어 있는 것이다.

대관장이 어디던가? 대왕부의 눈과 귀로 산서의 돈줄을 조정하는 곳이 아니던가.

군문 출신에 대왕부의 하부 조직인 대관장과 이렇게 서로 이득을 주고받을 정도라면 포섭은 무리라는 말.

'뒤를 캐기 위해서는 사로잡아야 하는데…… 골치 아프군.'

팔황아의 첫 등장을 생각하면 합공이 가능한 장로 몇 보내서 해결될 일이 아니었다.

항산의 장로 넷이 포함된 초극고수 열둘이 한날 목숨을 잃지 않았나. 머릿수로 밀어붙여서는 죽일 수는 있어도 사로잡기는 힘든 실력자인 것이다.

천기사사가 말없이 인상을 쓰고 있자니 한쪽에서 반가운 소리가 들렸다.

"장문, 이 일은 우리에게 맡겨 주지 않겠소이까?"

천기사사가 목소리를 따라 고개를 돌리니 양산박을 차지한 해적, 전 황골도주 공손열이 보였다.

"공손 장로께서 나서실 셈이오?"

천기사사가 의아한 눈이 되었다.

양산박의 영역을 차지한 뒤로 서창, 항산의 행사에 적극적이지 않았던 것이 공손가의 작자들 아닌가.

"여기에 나오는 무진명이라는 자, 사로잡거나 포섭해야 할 작자로 보이오만?"

공손열이 무진명의 얼굴이 그려진 종이를 앞으로 내밀며 물었다.

"쉬운 일이 아니오."

천기사사가 인상을 쓰며 답했다.

"그러니 우리가 하겠다는 것이오."

공손열이 자신만만하게 답했다.

"실패가 있어서는 안 되는 일이오."

"사십 년. 본가가 힘을 키워 온 기간이오."

천기사사의 말에 공손열이 입꼬리를 말아 올리며 이를 드러냈다.

'서창이 쉬이 넘지 못했던 양산박의 벽을 넘었던 공손가니 힘이 부족하지는 않을 터.'

"풍검의 후예를 믿겠소."

천기사사가 고개를 끄덕이며 공손열에게 이 일을 위임했다.

"그럼, 본인은 준비를 위해 그만."

공손열은 몸을 일으켜 회의장을 빠져 나왔다.

"가주."

사촌 동생이자 가문의 총관인 공손한이었다.

"쉽지 않은 일인데 어쩌시려는 겁니까?"

괜한 나선 것 아니냐는 소리다.

"보지 못한 모양이군."

사촌 동생의 반응에 공손열이 미소를 지었다.

"무슨 말씀입니까?"

사촌 형의 엉뚱한 대답에 공손한은 묻지 않을 수 없었다.

"이거나 보게."

공손열이 보고서의 한쪽을 펴서 내밀었다. 공손열이 내민 문서에는 마흔 쯤 되어 보이는 무인의 얼굴이 그려져 있었다.

"이자는 무진명의 제자 중 하나지 않습니까?"

방평문의 호법 중 하나지 않은가. 공손한이 의아한 얼굴이 되어 공손열을 바라보았다. 이자와 우리 공손가가 이번 일을 떠맡는 것이 무슨 상관이냐는 얼굴.

"기억을 더듬어 봐. 어디서 본 얼굴인지."

사촌 형의 말에 공손한은 조용히 머리를 굴렸다. 그리고 이내 떠오르는 것이 있었다.

"남해를 휘젓던 골골마와 함께 우리를 찾아왔던 자군요! 발해의 난리 통에 골골마와 함께 죽은 줄 알았는데 살아 있었군요."

발해 황골도에 숨어서 세력을 키울 당시 그들이 거둬들인 해적들이었다. 빌어먹을 최가의 지랄에 배마저 잃은 자들.

"골골마가 낭호라 불렀지. 그와 함께한 사제는 철교라 불렀고."

"낭호와 철교? 어디선가 들어 본 이름이군요."

공손한이 고개를 갸웃했다.

"해마단의 중진들이지."

"해마단이라면 남해오앙의 일인이었던 철천해마가 이끌던 해적들 아닙니까?"

공손한은 이들이 왜 금방 떠오르지 않았는지 알 수 있었다. 해마단은 철천해마가 죽은 다음 최가에 의해 철저히 박살 나 버린 세력 아닌가.

"그래, 그 철천해마. 그 작자의 직전 제자들이었지. 철천해마가 그렇게 사라지지 않았다면 멀쩡한 해마단을 물려받았을 자들."

공손열이 히죽거렸다.

"이 둘이 방평문에…… 잠깐, 둘이 방평문에 합류한 이유가……. 그렇다면 그 둘이 사부라 부르며 찾아간 무진명이?"

"죽었다고 알려진 철천해마라는 소리지. 이 작자, 본신 무공이 군문의 것임을 적극 활용해 자신의 신분을 속인 것이야. 작금의 상황을 보면 하남 세 고왕부는 물론 대왕부까지 속았다는 말이 되지."

"이 작자가 살아 있다면 발해에서 들은 혈해난장의 소문도 거짓이 아닐 수도 있겠습니다."

"혈해난장의 생사는 중요한 것이 아니지. 이미 살아 있다고 소문이 났으니 말이야."

그 말에 공손한은 사촌 형이 이 일에 나선 이유를 알 수 있었다.

"그 점을 잘만 이용하면 우리 쪽으로 끌어들이는 게 불가능한 일이 아니란 소리군요!"

"그렇지."

"그래도 쉽사리 생각할 일은 아닙니다. 철천해마의 자존심은 쉽게 볼 것이 아니지요. 말 몇 마디에 우리 쪽으로 돌아설 자 같았으면 예전에 고산의 초안을 받아들였을 겁니다."

과거 고산에서 철천해마를 고산 수군 도독부의 일원으로 초안했으나 실패하지 않았던가.

"지금은 그때와 상황이 달라."

그때는 해마단이라는 단단한 세력을 가지고 있을 때였다. 물론 방평문도 작지 않은 세력이지만 고산과 백련교를 털어 먹던 해마단의 강력함에 비할 바는 아니지 않은가.

게다가 바다 위에서는 선단을 이끌고 어디로든 도망갈 수 있었지만, 방평문이라는 근거지를 둔 지금은 쉽게 몸을 뺄 수 없었다.

특히 지켜야 되는 가족이라는 짐을 짊어진 상태에서는 말이다.

"과거의 카랑카랑한 자존심이 그대로 살아 있었다면 지금처럼 해마단을 버리고 내륙으로 몸을 피했겠나? 어떻게든 바다에 남아 재기를 꿈꿨겠지. 그리고 그 자존심이 살아 있어도 큰 문제는 없을 걸세. 천기사사의 의도대로 일이 풀린다면 조정을 움직여 최가를 무너뜨릴 수도 있단 것을 강조하면 되니 말이야."

황하를 장악한 이상 대동 군부의 결속만 깨뜨린다면 대혜왕을 실각 시키고 조정을 장악할 수 있었다. 그렇게 되면 최가를 상대로 가문의 복수를 하는 것도 불가능하지 않았다.

아니, 단지 복수를 하는 것에서 끝나지 않고 공손가가 최가를 대신해서 고산을 운영하게 될지도 몰랐다.

'그러기 위해서는 그쪽 바다를 잘 아는 인물이 필요하지.'

공손가의 가주는 그렇게 장밋빛으로 물드는 가문의 미래를 꿈꾸며 발걸음을 옮겼다.

"문주, 총호법께서 다른 말씀 없었나요?"

"문도 단속을 철저히 하라는 말씀 말고는 없었어요."

우은혜의 물음에 문주인 무영령이 답했다.

"하아!"

우은혜는 속에서 터져 나오는 한숨을 참을 수 없었다.

그녀는 방평문의 눈과 귀인 통천각의 책임자로 최근 며칠 동안 제대로 잠을 자본 적이 없었다.

서창을 전신(前身)으로 둔 항산파가 황하를 장악한 상태였다. 팔황아를 운용해 서창을 두드리고, 그로 얻은 이권으로 세를 불린 방평문의 입장에서는 편할 리 없는 상황이었다.

"총호법을 만나 뵈어야겠어요."

"우 사저, 지금은 별다른 수가 없으니 바싹 엎드리고 있을 때라고 숙조께서 말씀하셨잖아요."

무영령이 우은혜를 말리며 하는 말이다.

"사매, 대책 없이 상황만 살피기에는 주위 여건이 너무 좋지 않다고!"

"하아……."

우은혜가 언성을 높이자 이번에는 무영령의 입에서 한숨이 흘러나왔다.

"숙조께서 후원 출입을 금하신 것은 사저뿐만이 아니라고
요."

"문주인 사매의 출입도 금하셨다고?"

무영령의 말에 우은혜가 물었다.

"그래요."

무영령이 고개를 끄덕였다.

"사매 생각으로는 후원 안의 사람들이 그들 같아?"

우은혜가 굳게 닫힌 후원 문을 바라보며 물었다.

며칠 전 화천생이 이끌고 온 한 떼의 사람들과 후원에서
두문불출(杜門不出)하고 있는 것이 무진명이었다.

"그들이 아니라면 이 상황에 저렇게 모으지는 않았을 거예
요."

팔황아의 일원이 아니라면 무진명이 저들을 한 곳에 모아
단속하고 있을 리 없지 않은가.

"이대로는 안 돼."

나중에 무슨 소리를 듣더라도 지금 상태로는 답이 없었다.
각오를 굳힌 우은혜가 후원의 문을 향해 발걸음을 옮겼다.

끼이익!

우은혜의 손길이 닿기도 전에 후원의 문이 열렸다.

"누가 죽었느냐? 얼굴이 왜 그래?"

무진명이 우은혜의 얼굴을 보기 무섭게 대뜸 하는 소리다.

"총호법!"

우은혜가 있는 힘껏 인상을 썼다. 작금의 상황은 저리 여유를 부릴 상황이 아니지 않은가.

"네년이 내 말을 무시하고 예까지 왔다는 것은 뭔가 주위 분위기가 이상하다는 것이지?"

"여녕부 부도에서 굵직한 흑도들의 회합이 있었다고 연락이 왔어요. 뭔가를 위한 회합이 아니라 부도의 포구에서 누군가를 환영하는 모양새였다고……."

"작금 상황에 여녕부에서 방귀깨나 뀌는 흑도 놈들이 그렇게 모여 맞이할 인물은 항산의 인물밖에 없다 그 말이렷다?"

"그렇게 생각할 수밖에 없지요."

무진명의 말에 우은혜가 고개를 끄덕였다.

"황하를 장악한 항산의 인물이 하남의 남단에 위치한 여녕부에 한가해서 들릴 리는 없으니 그 목표는 본문일 가능성이 높다 그런 판단인 게냐?"

"총호법의 행사가 들통 난 것이 분명합니다. 아니, 팔황아의 단속을 위해 그들을 본문에 모은 것이 실수였어요."

우은혜의 말은 빨했다. 항산에서 들이닥치기 전에 후원에 모여 있는 사람들, 팔황아의 인물들로 짐작되는 그들을 다른 곳으로 옮기자는 것이다.

"확실히 내가 팔황아의 두령 노릇 했다는 것을 항산에서

알아낸 것 같기는 하군. 하지만 지금 네년 말대로 움직이기
에는 늦은 것 같아."

"예?"

무진명의 말에 우은혜가 눈을 크게 떴다. 무진명이 슬쩍
손을 들어 우은혜의 뒤쪽을 가리켰다.

"총호법!"

방평문의 장로 중 하나인 유마상이 무진명을 부르며 달려
오고 있었다. 경공까지 사용하며 말이다.

"총호법을 찾는 손님이 왔습니다."

무진명 앞에 내려선 유마상이 한 장의 배첩을 건넸다.

낭호 철교와 연이 깊은 항산의 장로 공손열…….

'두 녀석의 별호를 언급하는 것을 보면 내 과거를 알고 있
다는 소리군.'

배첩의 내용에 무진명은 자신의 과거가, 철천해마라는 신
분이 들통 났음을 바로 알아챘다.

"객청으로 모셨나?"

"예."

"설마 벌써?"

유마상의 대답에 이어 우은혜의 불안한 목소리가 울려 퍼

졌다. 지금 상황에 방평문을 찾아올 손님이라고는 빤하지 않은가.

"그래, 네 짐작대로구나."

무진명의 확인에 우은혜의 눈이 커졌다.

"이렇게 배첩을 보내고 대화를 청하는 것을 보니 힘을 앞세우는 무도한 작자 같지는 않다. 그래도 혹시 모르니 대비는 하고 있거라."

팔황아의 두령인 무진명이다. 항산에서 이렇게 과거를 언급하며 만나려 왔다는 것은 협상을 할 여지가 있다는 것이다.

"총호법. 항……."

무진명의 말에 우은혜가 뭐라 말을 하려 했으나 그녀의 입보다 그의 손이 더 빨랐다.

좌악.

요란한 소리와 함께 우은혜의 전신이 휘청거렸다. 무진명이 우은혜의 뺨을 후려쳐 그 입을 막은 것이다.

"숙조!"

무진명의 갑작스런 행동에 무영령이 놀라 외쳤다.

"이러니 내가 너희 둘의 후원 출입을 막은 것이다."

무진명이 냉랭한 표정을 짓고는 몸을 돌렸다.

"이 무슨……."

무영령이 무진명에게 항의를 하려 하자 그녀를 막는 손길이 있었다. 무진명에게 뺨을 얻어맞은 우은혜였다.

"문주, 제가 맞을 짓을 했어요."

"예?"

우은혜의 말에 무영령이 어리둥절한 표정을 지었다.

[멍청하게 후원에 모여 있는 사람들이 들어서 좋을 게 없는 소리를 목청 높여 하려 했거든요.]

전음으로 날아드는 우은혜의 말에 무영령은 일단 입을 다물었다.

우은혜가 그렇게 무영령을 말리는 사이 무진명은 객청으로 발을 옮겼다.

"항산 장로인 공손열이라 하오."

무진명이 객청으로 들어서자 상대가 자리에서 일어나 두 손을 맞잡으며 예를 올렸다.

"방평문의 총호법을 맡고 있는 무진명이오."

무진명 역시 예를 취하며 응수했다. 슬그머니 끌어 올린 기세로 상대를 지긋이 압박하면서 말이다.

"앉아서 이야기를 하지요."

공손열이 웃으면서 말했다. 무진명이 내비친 기세의 압박을 부드럽게 밀어내면서 말이다.

'빌어먹을 천문위의 고수군.'

무진명은 속으로 쓴웃음을 지었다. 열 살은 어려 보이는 작자에게 공력으로 밀린 것이다. 무진명은 헛힘 쓰는 짓을 멈추었다.

"앉으시지요."

무진명이 자리를 권했고 이에 공손열이 응해 자리에 앉았다. 그렇게 마주 앉기 무섭게 무진명이 입을 열었다.

"항산이 황하를 장악했다 들었소. 그렇다면 한참 바쁘실 터인데 하남의 남단인 이곳까지는 어인 일이오?"

"황하를 장악했더니 사람이 부족하지 않겠소이까?"

빤한 질문에 빤한 답이었다. 이미 서로가 가진 패를 어느 정도 알고 있는 상황. 길게 이야기를 끌 필요 없는 것이다.

"호, 항산에서 이 몸을 원한다?"

"그렇소이다."

"아무런 조건 없이?"

무진명이 미소를 지으며 물었다.

"조건이 없을 수는 없지 않겠소이까. 철천해마께서 원하시는 것이 있을 것이고, 우리 항산이 원하는 것이 있는데 말이오."

공손열의 얼굴에도 미소가 걸렸다.

'역시 협상을 할 생각이었어.'

팔황아의 일원들로 의심되는 작자들을 방평문 한곳에 모아 두었다는 정보를 들었을 때 혹시 했었다.

그가 풍문으로 들은 철천해마는 고산의 뒤통수를 여러 번 친 해마단을 이끌던 자.

팔황아를 단속한답시고 이렇게 표 나는 짓을 할 인물이 아니었다. 그래서 다른 의도가 있을 것이라 짐작을 했었는데 그것이 들어맞은 것이다.

"황하의 하남 지류."

무진명의 요구에 공손열이 고개를 끄덕였다.

"어렵지 않소이다."

대동 군부의 결합을 깨기 위한 패를 얻는 데 그만한 대가는 당연했다.

"이건, 배 타고 다니던 내가 항산에 가담하는 조건이오."

무진명의 말에 공손열의 얼굴이 슬쩍 굳어졌다.

"그 말씀은?"

"말 타고 다니던 당시의 내 추억과 그 추억을 뒷받침 해 줄 후원의 아이들은 따로 계산을 해야 하는 일이라는 것이오."

팔황아에 대한 정보는 따로 팔겠다는 소리다. 둘은 떨어질 수 없는 것 아닌가. 게다가 항산에 당장 필요한 것은 팔황아에 대한 정보였다.

"원하시는 바를 말씀해 주시겠소?"

공손열이 물었다.

"항산은 내게 무엇을 줄 수 있소?"

무진명의 반문이다.

"해마단의 재건은 어떻소?"

공손열의 대답에 무진명의 눈이 커졌다.

"거기에 고산을 칠 기회도 더한다면?"

이어진 말에 무진명이 커진 눈을 찌푸렸다.

"항산에서 고산까지 손을 댈 연유가 없을 텐데?"

지키지도 못할 약속을 남발해서 사람을 현혹시키는 것이 아니냐는 의심이 노골적으로 드러났다.

"조부께서 풍검이라 불리셨소."

공손열이 가문의 일을 꺼냈다.

"풍검이라면, 사십여 년 전의 그 공손가를 말하는 것이오? 고산 최가가 몰락시킨……."

무진명이 물었다.

"그렇소."

공손열이 조용히 답했다.

"절강 공손가라면 고산을 치고자 하는 것도 무리는 아니긴 한데……."

무진명이 슬쩍 인상을 쓰며 말을 이었다.

"귀하는 항산의 장로지, 장문이 아니지 않소?"

항산의 결정권자는 장문인이 아닌가. 장로 하나나 둘이 고산과 원한이 있다 하여 정권을 장악한 뒤에 고산이라는 어려운 상대를 적으로 삼으려 하겠냐는 말이다.

"항산 내에 우리 공손가의 힘은 적지 않소. 특히 수전에 관한한 항산은 우리 가문의 힘에 의지하는 바가 크오. 거기에 무 노사가 가진 추억을 더한다면 항산 장문께서 우리의 청을 거절하지 못할 것이오."

팔황아의 배후에 대한 정보로 항산 장문인과 협상을 하면 된다는 소리다. 거기다가 최가와 원한이 있는 것은 공손가도 마찬가지이니 항산에서 다른 소리 못하도록 공손가가 나서 줄 수 있다는 소리.

"공손가는 고산을 차지할 생각이오?"

무진명이 물었다.

"최가를 치울 수 있다면 당연히 따라오는 결과 아니오?"

빤한 것을 묻는다는 듯 공손열이 답했다.

"흠."

무진명이 눈을 감았다. 잠시 고민을 하는가 싶더니 마음을 굳힌 듯 눈을 떴다.

"좋소. 내 공손가를 믿어 보겠소."

무진명의 결정에 공손열의 입가에 함박웃음이 걸렸다.

"실망시키지 않을 것이오!"

"가주, 일은 잘 풀리셨습니까?"

인근의 객잔에서 대기하고 있던 공손한이 방평문을 방문하고 돌아오는 공손열을 맞이했다.

"본가의 정예와 동원한 흑도의 인원들을 준비시키게. 오늘 밤, 방평문을 쳐야 하네."

"철천해마가 자존심을 세웠습니까?"

공손열의 지시에 공손한이 인상을 쓰며 물었다.

"철천해마와의 이야기는 잘되었네."

"예?"

공손열의 대답에 공손한은 어리둥절한 얼굴이 되었다. 하나, 그는 공손가의 총관. 일순간 염두가 굴러가니 앞뒤의 사정이 파악되었다.

"철천해마가 자존심을 세우기는 세운 거군요."

공손한이 미소를 지었다.

"그래, 자기 손으로 후원에 모아 놓은 팔황아를 잡아다 넘길 수는 없다 그 말이지. 그리고 항산이 자신의 요구를 들어주지 않았을 때를 대비하고 싶기도 하겠고 말이야."

"이러나저러나 본가에게는 해가 되지 않는 상황이군요."

방평문의 기습을 요구한 것은 철천해마였다.

항산의 장문인인 황사가 조정을 장악하고 고산수군 도독부와 적대한다는 확실한 보장이 없는 상태다. 여태껏 뒷배를 봐준 군부, 팔황아 운영의 배후와 척을 지기도 싫다는 소리.

게다가 후원에 모아 둔 팔황아의 인원들도 있다.

이걸 철천해마 자신의 손으로 항산에 넘겼다가는 무림에서 신의를 배신한 몹쓸 놈의 낙인이 찍혀 어떤 일을 도모할 때 사람 모으기 힘들게 될 것이 분명했다.

지금은 항산 전체가 대혜왕과 대동 군부라는 강적을 맞이해 단결하고 있다지만 일이 잘 풀리면 내부적으로 이합집산을 거쳐 이권 다툼을 시작할 것이 빤한 게 아닌가.

그러니 습격을 요청한 것이다. 배신자의 낙인을 피하기 위해서, 방평문의 총호법으로 팔황아의 수장으로 항산에 대항했지만 힘이 모자라 어쩔 수 없이 잡혀 간 것으로 말이다.

그렇게 방평문 총호법 무진명은 생사불명의 상태로 만들고 철천해마의 이름으로 항산을 돕겠다는 속셈인 것이다.

사위가 어둠으로 물든 자시(子時) 중반. 공손열의 눈에 반짝이는 불빛이 보였다.

"준비됐다는군."

방평문 쪽에서 보내 온 약조 된 신호에 공손열이 조용히 입을 열었다.

"방평문도의 피를 보는 것은 금지. 후원의 인물들은 가능한 생포한다."

공손한의 명에 일백에 가까운 인영들이 어둠 속을 내달렸다.

항산의 이름으로 끌어 모은 하남의 흑도들이었다. 주도나 부도에서 흑도의 패권을 쥔 거마들이 열에 그들이 이끌고 온 정예들이 여든이었다.

초극고수가 열에 절정 무인이 여든.

주나 부의 패자를 자처하는 방파 정도는 한순간에 지울 수 있는 전력들이 야음을 틈타 방평문의 담벼락을 넘었다.

"철천해마가 손을 쓴 모양이군요."

흑도인들의 손에 의해 조용히 열리는 정문을 통과하며 공손한이 슬며시 미소를 지었다.

흑도의 인원들이 장원을 헤집고 다니는 데도 충돌의 기척이 전혀 없었다.

막아서는 무인이 없다는 소리. 아니, 단지 막아서는 무인이 없는 정도가 아니다.

하인들이 머물 정문의 인근 건물에서 별다른 인기척이 느껴지지 않고 있었다. 그 말은 이번 기습을 제안한 철천해마가 방평문도들을 통제하고 있다는 말이 된다.

"우리는 저쪽으로 가지."

공손열이 좌측에 자리 잡은 오층 전각을 가리켰다. 그들을 방평문으로 불러들인 신호, 별빛과 같이 반짝이는 불빛이 전각의 사층에서 흘러나오고 있었다.

"우릴 청하고 있는 걸까요?"

공손한이 물었다.

"그렇겠지. 게다가 살피기 좋은 자리 같아."

공손열의 말 대로였다. 저 위치에 자리 잡은 전각이라면 후원을 내려다보기 딱 좋지 않은가 말이다.

"그렇군요."

공손한이 고개를 끄덕인 다음 동행한 가문의 후예들에게 명을 내렸다.

"싸움이 시작되면 너희들은 표식이 새겨진 건물에 불을 질러라."

공손한의 명에 그 둘을 호위하고 있던 열이 몸을 움직였다. 공손가의 정예들을 그렇게 보낸 둘은 조용히 그리고 빠르게 발을 놀렸다.

담벼락을 박차고 지붕을 몇 번 밟자 그 둘의 신형이 빛을 번뜩이고 있는 전각의 사층 창문 앞으로 내려앉았다.

"어서 오시오, 공손 장로."

창문에서 번쩍이는 불빛이 사라지고 익숙한 목소리가 둘을 맞이했다. 철천해마 무진명이었다.

"무 노사, 후원에 계셔야 하는 것이 아니오?"

공손열이 창문 안으로 들어서며 물었다.

"공손가를 믿는다 하지 않았소."

공손열의 말에 무진명이 입꼬리를 말아 올리며 답했다. 그들이 후원의 인원들을 모조리 잡아들임을 믿어 의심치 않는다는 소리.

"그런데 뒤의 분은?"

공손열을 뒤따라 들어오는 공손한을 보며 물었다.

"사촌 아우인 한이오."

공손열의 대답과 동시에 쾅 하는 굉음이 터졌다.

"팔황아의 놈들을 잡아 죽여라!"

"마적들을 때려잡아!"

"한 놈도 놓치지 마라!"

전각 밖에서 쩌렁쩌렁한 호통이 울려 퍼졌다.

"적이다!"

"기습이다!"

당혹한 외침과 함께 기합과 금속성이 요란하게 뒤를 이었다. 항산에서 동원한 흑도의 인원들이 후원을 덮침에 전투가 시작된 것이다.

"그런데 방 밖의 분은 그대로 있어도 되는 분이오?"

이번에는 공손열이 물었다.

"안 그래도 소개하려 했소. 들어오게."

무진명의 불음에 봉두난발의 칼잡이가 방 안으로 들어섰다.

"항산에서 오신 공손가의 분들이네."

"하야!"

무진명의 소개에 봉두난발의 칼잡이가 돌연 한숨을 내쉬었다.

"한 명이라면서요?"

"나도 그런 줄 알았지."

칼잡이의 항의에 무진명이 대꾸했다.

"어째 일이 술술 풀린다 했어."

칼잡이가 툴툴대며 자신의 칼을 뽑았다.

"무슨 짓인가?"

무진명이 칼잡이에게 물었다.

"딱 보니 나오잖습니까? 기습이요. 호박에 이빨도 안 들어갈 상황이잖아요! 혼자라면 영감님이랑 내가 동시에 달려든다면 재미 좀 봤을지도 모르지만 둘이잖아요. 어림없다고요."

칼잡이가 인상을 쓰며 답했다.

쾅! 콰쾅!

굉음과 함께 후원 쪽에서 불길이 치솟았다.

"화탄이다!"

"벽력탄이다!"

"이 미친 마적놈들이!"

다급한 음성이 후원에서 터졌다.

"역적 놈들을 잡아 죽여라!"

"한 놈도 놓치지 마라!"

기세 오른 호통 소리가 울려 퍼졌다.

"철천해마! 우리의 제안을 거부하고 군부의 손을 들어 준 것인가!"

공손열이 무진명을 보며 얼굴을 구겼다. 칼잡이의 기습 운운은 물론, 전각 밖에서 들려오는 소리들이 철천해마의 선택을 알려 주고 있었다.

"어쩌다 보니 그렇게 되었소."

무진명이 전혀 미안하지 않은 표정으로 답했다.

"항산이 황하를 장악한 상황에 대혜왕과 대동 군부에 승산이 있다 생각했나?"

공손열이 이해가 안 된다는 듯 물었다. 그도 그럴 것이 지금 이 자리에서 자신들을 격퇴한다 해도 그뿐이다.

항산의 뒤에 있는 것은 황상이 아닌가. 화탄까지 사용한 마당이다.

황상께 군부가 움직였다는 의혹을 사서 대혜왕과 대동 군부의 목을 더욱더 조르는 일이 될 뿐이다.

아니, 그것도 자신들이 눈앞의 칼잡이와 철천해마에 당했을 때나 일어날 일이다. 자신이나 사촌 동생 공손한은 천문 위에 이른 고수 아닌가. 철천해마가 만만하지 않다지만 천문 위에 이르렀다고 보기에는 힘들었다. 그리고 눈앞의 칼잡이 역시 그랬다.

"미련이 많으신가 봅니다."

쉽사리 포기하지 않는 공손열의 모습에 칼잡이가 이죽거리듯 말을 이었다.

"이만하면 일 틀어진 줄 아실 텐데?"

"네놈은 누구냐?"

"이분과 함께 팔황아 부두령 노릇을 좀 한 고현이라 합니다."

공손열의 외침에 봉두난발의 칼잡이 고현이 심드렁하게 답했다.

"해원장주!"

공손열의 눈이 커졌다. 그의 뒤에 서 있던 공손한의 손이 검자루를 움켜쥐었다. 항산의 전신인 서창이 해체된 단초를 제공한 자가 바로 해원장주 아닌가. 게다가 팔황아의 일까지 연류되어 있다면 반드시 확보해야 할 일이었다.

"네놈이 그 대동 군부의 비수구나!"

공손열이 함박웃음을 토하며 고현을 덮쳐들었다.

[이런 빌어먹을 놈이!]

고현의 귓가로 무진명의 노성이 날아들었다. 당연했다. 눈앞의 두 공손 씨는 사십여 년 전 천하제일로 불리던 풍검의 후예들로 가문을 몰락시킨 최가에 복수하기 위해 실력을 쌓은 자들.

아무리 철천해마가 남해오왕의 일인이라 해도 전대 천하제일인의 무공을 닦은 자들을 상대하는 것은 쉽지 않은 일이었다.

게다가 여기는 바다 위가 아닌 땅 위 아닌가. 솔직히 하나 감당하기도 벅찰 것 같았다.

그런데 고현이 그런 그들에게 해원장주라는 자신의 정체를 밝혔다. 그 이유는 빤했다. 알고 있는 게 많은 입이니 사로잡을 수 있으면 사로잡아 보라는 것이다. 자신의 정체를 밝혀 자신에게 쏟아질 살수를 미연에 방지한 수작이라는 소리.

여기까지라면 무진명이 고현에서 노성을 내지를 필요는 없었다. 하지만 무진명은 이미 철천해마라는 정체가, 과거가 들통 난 상황 아닌가. 한마디로 대동 군부를 압박하기 위해서는 무진명 자신보다 고현이 쓸 만한 패로 여겨지는 것이 당연한 상황.

군부의 함정일지 모를 이 상황에서, 속전속결로 싸움을 끝내야 하는 공손가의 입장 상 무진명은 사로잡아야 할 대상에서 제거해야 할 대상으로 변한 것이다.

"죽어라!"

그것을 증명하듯 살기어린 공손한의 검격이 무진명을 향해 쏟아지고 있었다.

5장
개입

"팔황아 녀석들이 저 안에 득실거린다 그거지?"

하남 여녕부에서 나름 이름을 떨치고 있는 흑도의 마두 철조독심(鐵爪毒心)은 방평문에 잠입하여 목표인 후원을 노려 보며 흉소(兇笑)를 지었다.

"철조독심. 항산 장로께서 하신 말씀은 새겨들었소?"

"후원에 있는 놈들만 죽이라는 소리잖소. 방평문의 문도들은 건들지 말고. 방평문의 문도들은 건드리려 해도 보이지도 않으니 걱정할 필요 없지 않소."

"후원의 인물들도 가급적 생포하라 하였소."

"우리 말고 다른 조도 있지 않소?"

"조심하시오. 이 일이 잘못되면 항산에서 우리를 어찌 대할지 빤하니."

한마디 투덜거리기 무섭게 들려오는 경고에 철조독심은 인상을 썼다.

'재수도 없지. 어찌 이런 잔소리꾼과 조를 짜서.'

마음 같아서는 한 대 쥐어박고 싶었지만 그건 마음속에서나 가능한 일이었다. 자신의 옆에 붙어서 입을 놀리는 혈서생(穴書生)은 가진 바 실력이나 명성 모두 철조독심 자신보다 한 단계 위의 마두.

게다가 데려온 수하도 자신은 셋인데 비해 혈서생은 일곱이나 된다. 실력도 세도 밀리니 일단은 숙이는 것이 흑도의 도리.

"그 정도는 본인도 알고 있소."

뚱하니 대꾸한 뒤 입을 다물고 있으니 다른 조의 배치가 끝났다는, 후원을 사방으로 포위했다는 신호가 왔다.

"시작합시다."

"흐읍!"

혈서생의 말이 떨어지기 무섭게 철조독심은 숨을 크게 들이쉬고는 바로 바닥을 박찼다. 코앞으로 쇄도하는 후의 정문을 향해 양손을 휘둘렀다.

쾅!

철조를 낀 양손이 그리는 궤적을 따라 강기가 번뜩이며 후원의 문이 박살 났다.

"팔황아의 놈들을 잡아 죽여라!"

"마적들을 때려잡아!"

"한 놈도 놓치지 마라!"

문이 박살 나기 무섭게 철조독심과 혈서생의 수하들이 호통을 내질렀다. 팔황아 마적들의 시선을 그들에게 집중시키기 위한 수작이다.

"적이다!"

"기습이다!"

경고성과 함께 십여 명의 칼잡이들이 튀어나왔다.

"한 놈!"

철조독심은 자신을 향해 달려드는 중년 칼잡이를 향해 기분 좋게 철조를 휘둘렀다.

캉!

피가 튀는 대신 금속성과 함께 불꽃이 튀었다.

"대어로구나!"

철조독심이 히죽 웃으며 두 손을 움직였다. 상대의 칼에 어른거리는 강기를 보니 분명 초극고수다. 일반 잡졸이 아니라는 소리. 사로잡는다면 공을 세우게 되는 것이다.

철조독심은 전력을 다했다. 속전속결로 재빨리 제압할 심상인 것이다. 어영부영하다가는 혈서생이 끼어들어 공을 나누려 할지도 모르니 말이다.

콰자작, 콰학!

철조가 만들어 내는 살벌한 궤적이 휘몰아쳤다. 목숨만 붙여 놓으면 된다. 배후를 토설하는 데 팔다리는 필요 없으니 말이다.

캉, 카캉, 캉!

금속성이 연이어 터졌다.

'어린놈이!'

철심독조의 얼굴에 미소가 사라졌다. 양손이 만들어 내는 철조의 변화를 한 자루 칼로 모조리 감당해 내고 있었다.

틈이 보이지 않았다. 이대로라면 싸움이 길어질 게 빤했고 그렇게 되면 혈서생이 주워 먹을 게 분명했다.

'이렇게 되면 방법은 하나.'

"타합!"

철조독심이 호흡을 터트리자 그 양손의 철조가 시린 빛을 발했다. 힘으로 찍어 누르려는 수작.

쾅!

충격이 공간을 휘몰아쳤다.

"큭."

하나, 충격에 신음을 흘리는 것은 중년 칼잡이가 아닌 철조독심이었다. 철조독심의 무리한 공격까지 거뜬히 받아 냈

다. 아니 철조독심이 무리한 공격의 후유증으로 잠시 동작에
파탄을 드러내자 그 틈을 파고들었다.

"어림없다!"

철조독심의 양손이 미친 듯이 바빠졌다.

카캉, 카카카캉!

금속성이 터질 때마다 철조가 만들어 내던 궤적이 그 살벌
함을 잃고 있었다. 아니, 칼질이 그리는 궤적에 점점 철조의
궤적이 지나는 공간이 줄어들고 있었다.

'젠장!'

철조독심은 이를 악물었다. 공을 다툴 때가 아닌 것이다.
자존심을 억누르며 혈서생에게 도움을 청했다.

"혈……."

하지만 그보다 더 빠른 것이 있었으니.

"철조독심!"

혈서생의 다급한 목소리였다. 그 소리에 철조독심이 황급
히 혈서생을 곁눈질했다.

'맙소사!'

한쪽 팔을 잃은 혈서생이 피투성이가 된 몰골로 죽기 살기
로 철섭선을 휘두르고 있는 것이다. 상대는 언제 나타났는지
모를 백발의 노검객이었다.

게다가 자신과 철서생의 수하들은 중년 칼잡이가 이끌고

온 칼잡이들을 상대로 간신히 버티는 것이 고작이었다.

"낙 장로님, 그 작자…… 여기 이자와 함께 돈 좀 되는 놈 같은데요? 그러다 그놈 죽으면 도현 놈이 성질부릴지도 몰라요."

철조독심을 상대하고 있던 중년 칼잡이가 칼질을 멈추고 뒤로 슬쩍 물러나며 하는 소리다.

'젠장!'

수십 년 흑도에서 굴러먹은 철조독심이다. 상대가 공격을 멈춘 이유를 짐작할 수 있었다. 칼잡이가 공세를 멈춘 틈을 타 혈서생을 구하기 위해 백발 노검객의 등이라도 노릴 시도를 한다면 그 틈을 이용해 자신을 쉽게 제압하겠다는 흉심인 것이다.

"괜찮아. 이 정도 실력이면 지역에서 행세깨나 하는 놈일 터. 얼굴에 큰 손상만 없으면 일 진행에 무리 없다. 진행에 무리가 없다면 그 녀석도 괜한 소리 안 해."

낙 장로라 불린 백발 노검객이 중년 칼잡이의 말에 편안히 대답했다. 현란한 검술로 혈서생을 농락하는 와중에 말이다.

'이런 놈들이 팔황이란 말인가!'

철조독심이 이를 꽉 물었다.

"생각해 보니 그러네요. 그나저나 팔황이란 이름으로 하남에서 제법 명성을 떨쳤다는데 이놈들밖에 안 왔을까요?"

중년 칼잡이의 말이다.

'이놈들 팔황아가 아니야!'

철조독심의 눈이 커졌다.

'그나저나 다른 조는 뭐하는 거야. 어서 이놈들의 뒤통수를 치지 않고!'

철조독심이 중년 칼잡이를 경계하며 속으로 외쳤다. 혈서생과 자신이 시선을 끌고 다른 조들이 그 뒤를 치기로 하지 않았냔 말이다.

"커헉!"

혈서생의 입에서 비명이 튀어나왔다. 백발 노검객, 낙 장로의 검이 혈서생의 철섭선을 떨쳐 내고 기어이 그의 심장을 찌른 것이다.

"쓸 만한 초극 둘과 절정 십여 명이 다일 리가 있나?"

백발 노검객이 빙긋 웃었다.

쾅, 콰쾅!

굉음과 불꽃이 후원의 좌측 담벼락을 날려 버렸다.

"화탄이다!"

"벽력탄이다!"

"이 미친 마적놈들이!"

후원의 뒤쪽에서 기겁성이 터져 나왔다.

"저쪽이면 뢰응(雷鷹) 그 친구인가?"

낙 장로가 인상을 썼다.

"초 장로님 맞을걸요. 하수들 상대하기 귀찮다고 그냥 벽력탄 터트린 걸 보니깐 말입니다."

중년 칼잡이가 쓴웃음을 지었다.

"나처럼 담벼락 밑에 쭈그려 앉아 있다 뒤치기 하기 귀찮았으면 애들한테 맡기면 될 것을."

선두로 달리던 철조독심이 낙 장로를 보지 못한 이유가 밝혀졌다.

"그래도 저쪽에서 저런 소리가 들리는 것보니 돈 되는 작자들은 멀쩡한 모양이네요."

"몇 년만에 얼굴 보는 놈에게 잔소리 듣기는 싫었겠지."

중년 칼잡이의 말에 대답을 하던 낙 장로의 시선이 철조독심에게 옮겨 갔다.

"자네 계속 그러고 있을 텐가?"

낙 장로가 철조독심에게 물었다. 후원 정문을 통해 들어왔던 침입자 중 두발로 서 있는 것은 철조독심뿐이었다.

철조독심과 혈서생의 수하들은 어느새 칼잡이들에게 당해 바닥에 쓰러져 피를 흘리고 있었으니 말이다.

'이런 개 같은!'

철조독심은 속에서 치솟아 오르는 울화를 억지로 집어삼켰다. 흑도인의 자존심을 지키기에는, 항산의 장로와 정예들을 믿고 버티기에는 상황이 너무 나쁘지 않은가.

'일단 살아야지. 살아만 있다면 항산에서 손을 써 줄 것이야.'

항산의 뒷배로 버티고 있는 것은 다름 아닌 황제. 그러니 나중을 위해서 일단 살아남는 것이 중요했다.

"항복이오!"

"팔황아 녀석들과 싸우지도 못하고 불이나 지르러 다녀야 하다니. 도대체 우리는 왜 데리고 온 건지 모르겠네. 안 그러오?"

목표를 향해 열심히 발을 놀리는 와중 공손정풍이 투정을 부렸다. 댓 발이나 튀어나온 입매가 불만이 가득해 보였다.

"입 조심해라. 가주님이나 총관 앞에서 그러다간 치도곤을 당할 터!"

공손정천이 동생에게 주의를 줬다.

"형은 동생 그렇게 못 믿소? 아무렴 내가 그렇게 생각 없는 놈일까?"

형의 주의에 공손정풍이 인상을 쓴다.

"적진에서 불만이나 토로하는 꼴을 보이고 있는데 뭘 믿으라는 거냐?"

변함없는 동생의 태도에 공손정천이 정색을 했다.

"그래도 폐관이 끝난 다음 첫 임무라고 받은 게 이 모양 아니오."

"팔황아는 만만한 상대가 아니다. 서창의 근거지를 박살 내는 무력도 무력이지만 삼 년 넘게 서창을 괴롭혔는데 그 실체를 찾지 못했다. 오늘 우리가 치는 것은 그 주력들이 야."

"우리는 지금 불 지르러 가고 있잖소?"

공손정천의 말에 공손정풍이 퉁하니 대꾸했다.

"이러니 내가 네 녀석을 못 믿는 것이다. 멍청한 놈. 장원 의 배치도를 보지 않았느냐. 우리가 불을 지를 곳과 후원의 위치를 생각해! 우리가 맡은 일은 불을 지르는 게 다가 아니 다! 가문이 일개 칼잡이로 쓰기 위해 네놈에게 그런 투자를 한 줄 아느냐?"

"뒤에 따로 할 일이 있단 말이오?"

형의 말에 공손정풍이 물었다.

"네 머리로 생각해."

공손정천이 서늘하게 답했다.

"말해 주면 입이라도 부르트오?"

그렇게 형제끼리 투닥거리다 보니 어느새 태워 버려야 할 목표에 도달했다. 그들이 막 준비해 온 인화물들을 꺼내려는 순간.

쾅! 콰쾅!

굉음과 함께 후원 쪽에서 화광이 충천했다.

"뭐요, 저거! 벽력탄이라도 터진 것 같잖소?"

공손정풍이 화들짝 놀라 물었다.

'흑도의 거마들 중 벽력탄을 가진 자가 있었던가?'

공손정천이 상정 외의 상황에 인상을 쓰는데 다시 상정외의 상황이 일어났다.

"굳이 저쪽에서 터트릴 필요는 없을 텐데……."

처음 듣는 목소리가 울려 퍼진 것이다.

"신혼 살림이라 그런지 꽤나 아끼는구려, 처남."

또 다른 목소리에 공손정천은 급히 주위를 살폈다. 그리고 그가 발견한 것은 불을 싸질러야 할 목표가 만들어 내는 그림자 속에서 걸어 나오는 두 사람이었다. 서른은 되어 보이는 장한과 몇 살 더 먹어 보이는 장한이었다.

"도인 형, 그저 예전처럼 부르지요?"

"매부라 불러 주지 않는 건가?"

"어울리지도 않는 도현 형 흉내는 그만 내시지요."

'한 명은 방평문주의 남편인 화천생이군! 다른 한 명은 누구지?'

공손정천은 둘 중 하나의 정체를 파악했다.

"방평문의 화 호법이시군요."

갑자기 나타나 놀라기는 했지만 어쨌든 방평문의 총호법인 철천해마와 이야기가 된 상태다. 괜히 부딪칠 필요는 없지 않은가.

"본인은 방평문의 화천생이 맞소. 거기의 두 분은 항산에서 오신 공손가의 분이시오?"

화천생이 물었다.

"그렇습니다."

공손정천이 답했다.

"경계하실 필요 없습니다. 생각해 보니 이걸 태우는 것도 나름 큰일이라 본문의 총호법께서 공손가의 수고를 덜어 드리라 해서 나온 것이니."

화천생이 빙긋 웃으며 품에서 무엇을 꺼냈다.

"그것은?"

"방금 전 터진 것과 같은 벽력탄이지요."

치이익.

대답과 동시에 심지가 타는 소리가 났다.

"뒤로 물러나시지요."

말이 끝남과 동시에 불붙은 벽력탄이 불 싸질러야 할 건물로 날아갔다.

콰앙!

굉음이 터지고 불길이 건물을 뒤덮었다.

"허, 이럴 거면 왜 우리에게 부탁을 했던 거야?"

공손정풍이 투덜거렸다.

"그야 우리가 좀 편해지기 위해서지."

공손정풍의 혼잣말에 화천생을 처남이라 부른 장한이 답했다.

"말씀이 좀 짧습니다."

공손정풍이 장한의 반말에 언짢은 기색을 드러냈다.

"그러고 보니 내 소개도 안 했군."

장한이 미소를 지으며 말을 이었다.

"고산에 사는 최도인이네."

창, 차창!

공손정천과 정풍 형제는 누가 먼저랄 것도 없이 검을 뽑았다. 고산 최가는 가문의 원수. 그 후계자의 이름을 그 둘이 모를 리 없었다.

"빌어먹을 고산 최가!"

"최가의 후계자가 왜 여기에!"

공손가의 두 형제가 검을 겨누며 이를 갈았다.

"처남댁에 겸사겸사 들렀던 거지."

최도인이 히죽거리며 두 손을 내밀었다.

"박(迫)!"

기합과 함께 최도인의 신형이 공간을 잘라 내듯 두 형제에게 들이닥쳤다.

"청풍만리(靑風萬里)!"

공손정천의 외침에 공손정풍이 형의 뜻에 따라 검을 움직였다. 어릴 때부터 손을 맞춰 온 형제의 검이 공손가의 무리에 따라 그 힘을 합했다.

콰르르릉!

둘의 공력이 허공에서 어우러져 만들어 내는 합공의 도리가 최도인의 머리 위로 떨어졌다.

"박박(泊撲)!"

시커멓게 물든 두 손이 만들어 내는 변화에 검격이 비틀리고 튕겨 났다.

"박(胉)!"

박박거리는 기합과 함께 들이닥치는 최도인의 공세에 공손가의 두 형제는 합공으로 공력을 공유함에도 속절없이 밀리고 있었다.

"도울 필요도 없겠군."

쾅, 콰쾅, 콰콰쾅!

화천생이 그렇게 투덜거리며 인상을 쓰고 있자니 방평문 곳곳에서 굉음이 터지고 화광이 치솟았다. 다른 곳으로 갔던 공손가의 후예들도 지금 이곳과 같은 꼴을 당하고 있는 것이다.

"매부를 홀로 싸우게 두고 처남은 구경이나 하시오?"

어느새 둘을 제압한 최도인이 화천생을 보며 히죽거렸다.

"안 어울리니 도현 형 흉내 그만 내시라니깐!"

"다른 곳도 계획대로 된 모양이군."

화천생의 투덜거림 따위 듣지 못했다는 듯 최도인이 충천하는 화광의 근원지를 둘러보았다.

"도현 형이 짠 계획입니다."

화천생이 당연하다는 듯 최도인의 말을 받았다.

"그런데 정작 본인의 일은 꼬인 듯한데?"

최도인이 인상을 쓰며 손가락을 움직였다. 화천생이 최도인의 손가락을 따라 시선을 옮기니 전각의 한쪽에서 알록달록한 빛이 번뜩이고 있었다.

칠채홍이 만들어 내는 광경이었다. 전장에서 태어난 칠채홍의 최초 목적. 전장에서 깃발로 신호를 보내듯 무쌍하니 변화하는 검기를 신호 삼아 난전 중에 명령을 전달하는 것이다.

"공손가의 가주라는 자 엄청난 고수인가 보군."

최도인이 바닥을 박찼다. 화천생이 그 뒤를 따랐다. 지금 최도현, 고현이 뿜어내고 있는 빛깔의 조합은 강적 출현, 지원 요청이었다.

카카카캉!

금속성과 함께 대도가 그리는 원이 칼날로 이루어진 방패가 되어 공손한의 검격을 막아 냈다.

'빌어먹을! 천하제일검의 후예라 그거지.'

무진명의 얼굴이 절로 찌푸려졌다. 중병기인 대도가 가벼운 검을 튕겨 내어야 하는데 도리어 튕겨 나고 있었다.

"흥, 명색이 남해의 다섯 재앙 중 하나다?"

공손한이 콧방귀를 뀌며 검을 휘둘렀다. 검격이 더 빨라졌다. 그리고 그 검격에 실린 힘 역시 더 강해졌다. 속도와 힘으로 눌려져 버리니 어떻게 기교를 부릴 틈이 없었다.

"젠장!"

기합 대신 욕을 토하며 무진명은 죽어라 대도를 휘둘렀다. 번뜩이는 검강 아래서 도강이 바락바락 악을 쓰지만, 그 서슬 퍼런 기세에 칼이 그리는 궤적이 일그러지고 있었다.

[아래층으로!]

고현의 전음이 날아들었다.

"하압!"

무진명은 대도를 휘두르며 거센 진각을 밟았다.

쾅!

굉음과 함께 나무 조각이 사방으로 비산하며 무진명의 전신이 바닥 아래로 꺼져 버렸다.

무진명의 발이 바닥에 닿기 무섭게 하나의 인영이 그 옆으로 내려섰다.

"무 영감님!"

고현이었다.

"어림없다!"

"어딜!"

그리고 머리 위에서 들여오는 호통과 덮쳐드는 두 가닥의 검강. 고현과 무진명은 누가 먼저랄 것도 없이 발을 놀려 함께 몸을 물렸다.

[내가 방패, 영감님이 칼.]

고현이 전음을 보냈다.

[따로 상대하는 것이 나을 듯한데?]

무진명이 내키지 않는다는 듯 전음으로 대꾸했다. 그도 그럴 것이 이쪽이 둘이 힘을 합한다면 저쪽도 둘이 힘을 합할 것이 빤한 것 아닌가.

[천문위에 오른 작자들이 제대로 된 협공이 가능하겠어요?]

[익힌 무공이 같아! 같은 무공을 저 정도 경지에 이르도록 익힌 놈들이라면 대충 눈치로 때려 맞춰 움직여도 어지간한 협공은 넘어서!]

고현과 무진명이 그렇게 전음으로 대화를 하고 있을 때 공손한이 먼저 움직였다.

고현의 머리를 순식간에 타 넘으며 무진명을 향해 검을 뻗었다. 이에 고현이 발을 놀려 그 검의 끝에 자신의 머리를 들이밀었다.

"헛!"

공손한이 기겁성을 삼키며 검의 경로를 비트는 순간 무진명의 공격이 공손한을 들이쳤다.

대도가 그리는 살벌한 궤적이 공손한의 목을 베려는 찰나!

캉!

유성과 같이 날아든 검격이 그 궤적을 끊어 먹었다. 공손열이었다.

"뒤로!"

공손열이 나서기 무섭게 무진명은 고현의 허리춤을 잡고 뒤로 몸을 뺐다. 순간 공손열과 공손한의 몸이 움찔했다. 그러더니 슬쩍 서로를 쳐다보더니 인상을 썼다.

"저 녀석, 제법 머리가 돌아가는 놈입니다."

공손한이 턱짓으로 고현을 가리키며 한마디 했다.

"배후를 토설할 입만 남기면 된다."

공손열이 답했다. 고현이 다시 방패를 자처해 검을 막아서면 팔다리 정도는 끊어 버리라는 소리다.

"할 수 있으면 해보시지!"

고현이 이를 드러내며 이죽거렸다.

[허…… 진짜 어설픈데?]

공손 형제의 협공에 대한 무진명의 감상이었다. 동류의 무공을 익힌 어지간한 고수라면 방금과 같은 경우 둘 중 하나는 뒤를 따라오는 것이 순리다.

그런데 저 둘은 둘이 동시에 움직이려다가 상대가 움직이려는 것을 느끼고 동시에 멈춘 것이다. 손발이 안 맞는다는 증거.

콰앙!

굉음과 함께 장원의 한쪽에서 불길이 치솟았다. 또다시 화탄이 터진 것이다.

'시작했다는 소리군.'

고현이 속으로 미소를 지었다. 화탄이 터진 곳은 후원 쪽이 아니었다. 무진명이 항산에 태우라고 부탁한 건물 중 하나가 있는 곳이었다.

"합!"

고현이 바닥을 차며 몸을 움직였다. 공손열의 좌측으로 움직이다 공손한의 몸에 공손열이 가려지는 즉시 바닥을 박찼다.

급소를 훤히 드러내며 들이대는 고현의 행동에 공손한이 검을 내뻗었다. 검 끝에 예기를 죽이고 제압할 요량으로 뻗은 검.

캉!

순순히 맞아 줄 리 없는 고현이었다. 강렬한 도격이 공손한의 검격을 비집어 열고 들어갔다.

"흥!"

공손한이 콧방귀를 꿰며 비틀리는 검격에 힘을 더했다. 검강이 번뜩이는 순간, 그 검로를 막는 것은 고현의 몸통! 팔다리가 아니기에 순간적으로 주춤할 수밖에 없다.

"하합!"

다시 고현의 칼이 그 틈을 파고들었다.

캉!

공손한의 검이 고현의 칼을 튕겨 내는 궤도를 그리는 찰나, 무진명의 대도가 파고들었다.

캉!

이것을 막는 것은 공손열의 검격.

"핫!"

공손열이 한 발 나서며 검을 휘감았다.

카르르릉!

대도와 검이 얽히며 원을 그렸다.

"이런!"

무진명의 입에서 당혹성이 튀어나왔다. 공손열이 심후한

공력으로 자신을 밀어붙이고 있었다. 무진명이 이에 저항하기 위해서 수를 쓰려는 찰나.

창!

원을 그리던 검이 순간적으로 궤적을 비틀며 바깥으로 휘둘러지니 그 궤도를 타고 대도와 그 주인이 밀려났다.

"빤한 수작질에 놀아나는 만만한 상대로 보였나?"

공손열이 밀려난 무진명과 고현의 사이에 버티고 서며 웃었다. 협공이 불편하니 다시 일대일로 만든 것이다.

"이런 식으로 얼마나 버틸 수 있을 것 같으냐?"

공손한이 인상을 쓰며 검을 휘둘렀다. 철천해마를 몰아붙이는 공손열과 달리 고현과의 싸움은 생각대로 풀려 나가지 않았다.

기껏해야 초극고수. 제법 안정적인 실력을 가지고 있지만 일반적인 초극고수의 수준을 벗어나지 않는 것이 지금 고현이 내보이는 실력. 단지 실력만 놓고 본다면 공손한 자신이 단숨에 제압할 수 있어야 했다.

하지만 현실은 그렇지 않았다.

요혈을 제압할 생각으로 강기를 거둔 검격은 도강을 앞세워 튕겨 내고 도강을 압도하는 공격에는 자신의 요혈을 들이댄다.

그냥 팔다리를 날리려 해도 머리나 주요 부위를 들이밀고 검로를 뒤틀며 거기에 도강을 뿌려 검로 자체를 파탄시키는 것이다.

'단매에 쳐 죽일 수 있는 놈을 상대로!'

반드시 사로잡아야 할 놈이라는 사실을 당사자가 알고 이를 적극적으로 활용하는 경우가 이토록 짜증날 줄이야! 공손한은 치밀어 오르는 짜증에 이를 물었다.

쾅, 콰쾅, 콰콰쾅!

방평문 곳곳에서 굉음이 터져 나왔다. 또 화탄이 터진 것이다.

'사태가 심상치 않다! 조금 손해를 보더라도 놈을 빨리 제압하는 것이!'

공손한은 생각을 바꾸었다. 때마침 고현이 자신의 급소를 들이밀고 있었다.

공손한의 검이 요혈을 찌르기 적합하게 강기를 거두자 도격이 기다렸다는 듯 따라붙었다.

캉!

금속성과 함께 검이 공손한의 손을 빠져나갔다. 고현이 이를 기회 삼아 도강을 앞세우고 짓쳐 들었다.

"타합!"

그 도강을 향해 푸르게 물든 두 손이 쇄도했다. 공손가의 절기 중 하나인 창룡수(蒼龍手)가 발휘된 것이다.

"씨발!"

이에 고현이 자신의 절기를, 숨겨 둔 이빨을 드러냈다. 칼로 그리는 무지개. 칠채홍의 공능이 사정없이 발휘되었다.

쾅, 콰쾅!

"조까! 뒈져!"

칠채홍의 공능으로 강화된 강기가, 순간순간 변화하는 색상 따라 그 성질을 바꿔 가며 몰아쳤다.

"크윽!"

공손한의 입에서 신음이 흘러나오며 그의 발이 사정없이 뒷걸음질 쳤다.

공손가의 창룡수가 비록 강호의 일절이고 공손한이 천문위의 경지에 오른 고수라지만, 그 본신절기는 검.

창룡수는 곁다리로 익힌 무공에 지나지 않았다. 그러니 고현의 경지가 비록 한 단계 낮다지만 그가 작정하고 펼치는 칠채홍을 완전히 막아 내기에는 무리.

"죽어!"

공손한의 숨통을 끊기 위한 결정타가 그의 머리 위로 떨어졌다.

쾅!

격한 충격에 고현의 몸이 한쪽으로 밀려났다.

"한아! 괜찮으냐?"

공손열이 비틀거리는 공손한을 부축했다. 공손한의 위기에 공손열이 손을 쓴 것이다.

"무 영감님, 뭐하시는 겁니까?"

고현이 뒤로 물러나며 공손열을 잡아 두지 못한 무진명을 탓했다.

"갑자기 환강(丸罡)을 일으키는데 내가 별수 있냐?"

무진명이 고현의 곁에 서며 툴툴거렸다.

"탄강도 아니고 환강이라니, 진짜 천문위인가 보네요."

고현이 인상을 썼다. 환강은 파괴의 결정이라고까지 불리는 강기공의 지고의 경지 아닌가.

"내상이라도 입혔냐?"

무진명이 공손한의 상태를 물었다.

"싸움에 지장을 줄 정도로 큰 타격은 못 줬어요."

고현이 아쉬운 얼굴로 답했다.

"퉤!"

고현의 말대로 공손한은 검은 울혈을 한 모금 토하고는 멀쩡한 모습으로 몸을 일으키고 있었다.

"형님, 저놈, 최가 놈입니다!"

공손한이 입가에 묻은 피를 닦으며 이를 갈았다. 공손가의 후예인 *그가* 고산 최가의 절기인 호설팔도를, 가문 몰락의 단초를 제공한 그 빌어먹을 무공을 알아보지 못할 리 없었다.

"나도 눈이 있다."

공손열이 이글거리는 눈으로 고현을 바라보았다.

"이제 어쩔 생각이냐?"

살심이 가득한 천문위의 고수 둘을 마주 보며 무진명이 물었다.

"뭐, 별수 있어요? 지원을 부르고 올 때까지 버텨야죠!"

고현이 이를 악물며 칼을 고쳐 잡았다.

우우웅!

공손한의 검이 울음을 토했다. 그와 동시에 검신을 따라 강기가 흘러 검첨에서 소용돌이치며 맺혔다.

우웅

공손열의 검도 마찬가지.

"한이 네가 철천해마를 맡아라!"

공손열의 외침과 함께 직경 두 치가 될까 말까 한 영롱한 빛의 구슬이 고현을 향해 쏘아졌다.

"흠큐!"

고현은 성대를 울리고 그 울림을 뱃속으로 집어삼켰다. 증폭된 토의 기운이 육(肉)을 채우고, 토기를 먹고 몸을 불린 금의 기운이 피부를 단단히 굳힌다. 금이 불러 올린 수의 기운이 골(骨)을 굳건히 바치며, 수를 잡아먹은 목의 기운이 근(筋)을 움직이고, 마지막으로 화의 기운이 모든 것을 사르며 맥(脈)에 힘을 불어넣었다.

그렇게 순식간에 내부에서부터 힘을 증폭시켜 덮쳐드는 파괴의 결정을 향해 칼을 내밀었다.

칼과 강환이 부딪치는 순간.

"어디 한번 죽어 보자!"

칠채홍을 발휘했다.

콰르르르릉!

힘으로 밀어붙이는 파괴의 결정을 다양한 힘의 변화로 막고 밀고 당기며 흘리고 비틀었다.

퉁!

빛의 구슬이 고현의 칼질에 위로 튕겨 났다.

하지만 그것도 잠시. 고현을 겨눈 공손열의 검 끝이 슬쩍 움직이자 허공으로 치솟던 그것이 언제 튕겨 났냐는 듯 다시 떨어져 내렸다.

고현은 급히 뒤로 몸을 물렸다. 떨어져 내리던 강기의 집합체가 직각으로 꺾이며 물러나는 고현을 향해 덮쳐들었다.

"씨발, 뒈지겠다!"

빛의 구를 올려치는 칼질과 함께 목이 터져라 외쳤다. 그 열렬한 외침에 반응하여 칼이 요란한 빛을 토했다. 요란무쌍하게 변화하는 강기가 환강의 전진을 막아서고 비틀어 냈다.

"빌어먹을 호설팔도!"

공손열이 입으로 욕을 토하며 검을 움직였다. 움직이는 검을 따라 환강이 고현의 목숨 줄을 뚫는 살벌한 궤적을 그렸다.

"나 뒈지면 올래! "

카카카캉!

고현은 고래고래 악을 쓰며 칼을 휘둘렀다. 후려치고 밀치고 떨쳐 내고 당겨 비틀고 온갖 기교를 다 부린 칼부림으로 환강을 튕겨 냈다.

하지만 빌어먹을 빛의 결정은 사람을 홀리는 영롱한 외형과는 달리 완전한 똥파리였다. 떨쳐 내고 뿌리치고 후려쳐도 공손열의 검이 한 번 움직이면 언제 튕겨 났냐는 듯 고현을 향해 달려들었으니 말이다.

'젠장!'

고현의 인상이 사정없이 구겨졌다. 칠채홍의 공능으로 어떻게든 막아 내고 있지만 그것도 한계가 있었다.

드러난 강기를 증폭하는 것만으로는 환강을 막을 수 없어 내기마저 증폭시킨 상황.

초극고수의 단련된 육체라 해도 몸이 담을 수 있는 힘은 한계가 있는 것이다. 몇 번은 무리 없이 내기를 증폭 시킬 수 있다 해도 이걸 연속으로 펼친다면 내상을 입는 것은 당연지사.

고현이 칠채홍의 강기 변화로 연신 발하는 구조 요청에 한 달음에 전각까지 달려온 최도인은 발을 멈출 수밖에 없었다.

전각은 박살 나 있는 상황. 폐허 위에서 고현과 철천해마는 그 폐허마저 때려 부술듯 격하게 움직이고 있었다. 하나, 그 상대들은 멀찍이 서서 한가하게 검만 까닥이고 있지 않은가 말이다.

"환강을 다루는 천문위가 둘?"

최도인은 이내 고현과 철철해마를 괴롭히는 환강을 발견했다.

"도인 형, 가세하지 않으실 거요?"

뒤를 따라온 화천영이 물었다.

"뭐가 요란하다 싶어 왔더니만."

뒤에서 들려온 소리에 둘이 고개를 돌리니 백발을 휘날리는 검객, 낙 장로가 있었다.

"천생, 너는 도움이 안 되니 물러나 있거라. 어떻소, 후계. 저자는 홀로 감당할 만하겠소?"

낙 장로가 화천생을 물린 다음 철천해마와 싸우고 있는 공손한을 가리키며 최도인에게 물었다.

"낙 장로께서는 도현이 녀석이나 도와주시지요."

"박(迫)."

철천해마를 몰아붙이고 있는 공손한을 향해 최도인의 전신이 쏜살이 되어 날아갔다.

'어라?'

정신없이 칼을 휘두르던 고현은 칼질을 멈추고 주위를 살폈다. 끈질기게 자신을 공격하던 환강이 갑자기 사라진 탓이다.

"무 영감님?"

철천해마였다. 철천해마가 어느새 공손열과 근접전을 벌이고 있었다. 철천해마가 공손열을 기습한 탓에 공손열이 조종하던 환강이 사라진 듯했다.

'영감님의 상대는?'

고개를 돌리니 철천해마가 상대하던 공손한은 다른 누군가와 싸우고 있었다. 그 상대는 한때 자신의 맞수였던 최도인이었다. 양팔을 완전 흑광으로 물들인 최도인은 홀로 공손한을 감당하고 있었다.

"저 녀석이 언제!"

"놀랐나?"

고현의 경악에 누군가 물었다. 고현이 목소리를 향해 고개를 돌리니 고산에서 온 두 노인네였다. 백발 검객인 낙 장로와 붉은 머리를 가진 추 장로였다.

"저 녀석 언제 현천(玄泉)을 연 것입니까?"

물의 기운이 응축되어 파랗다 못해 시커멓게 변하는 것은 나박의 최종 경지라는 현천에 닿았다는 말 아닌가.

"맹주께서 네놈과 만난 다음부터 얼마 전까지 매일 반쯤 죽여 놓더군."

"한 반년 되었지."

두 장로의 대답이다.

"고현! 뭐하는 거야!"

철천해마의 노성이 울려 퍼졌다. 공손열을 상대로 악전고투를 벌이고 있는 것이다.

"두 분 장로님. 수고 좀 해 주시지요."

고현이 두 사람에게 도움을 청했다. 두 장로의 실력은 철천해마와 비슷했다. 철천해마에다 그 동급의 실력자가 둘이나 가담한다면 아무리 천문위의 고수라 해도 목숨을 내놔야 하는 것이다.

"우리는 후계를 지켜야지."

낙 장로가 공손한과 싸우고 있는 최도인을 가리키며 말했다.

"현천을 열었다 해도 천문위가 상대면 안심할 수는 없지.

여차하면 개입해야 하네."

추 장로가 낙 장로의 말에 동조했다.

"그럼 한 분만이라도……."

"천문위를 제압하려면 나와 추 장로가 동시에 나서야 하네."

"그렇지. 아무리 우리라도 혼자서는 무리지."

고현의 말에 낙 장로가 답하고 추 장로가 추임새 넣듯 그 답에 동조했다. 공손열은 고현이 철천해마와 알아서 하라는 소리다.

"고혀언!"

무진명의 죽는 소리.

"진짜 너무들 하시네!"

고현은 두 장로들의 행동에 불만을 토하며 무진명을 돕기 위해 발을 옮겼다.

"뒈져!"

외침과 동시에 등 뒤로 들이닥치는 강렬한 기세에 공손열은 철천해마를 공격하던 환강과의 연결을 끊고 검을 돌렸다.

쾅!

거센 충격이 공손열의 몸을 밀었다. 공손열은 앞으로 걸음을 옮기며 몸을 돌렸다. 호설팔도를 쓰는 최가의 개잡놈이었다.

'빌어먹을!'

공손열은 이를 악물었다. 사촌 동생인 공손한은 박팔공을 쓰는 최가의 놈과 어우러지고 있는 상태. 거기에 최가의 인물로 보이는 두 늙다리가 싸움을 지켜보고 있었다. 자신이나 사촌 동생이 빠져나갈 기미가 보이면 바로 끼어들 것이 분명했다.

'욕심을 부린 게 화근이구나!'

해원장주가 최가의 잡놈인 것이 드러났을 때 사촌 동생과 함께 물러났어야 했다.

방평문 자체가 함정이라 해도, 철천해마와의 협상을 통해 공손가임이 드러났다 해도 천문위에 이른 자신과 사촌 동생 둘이 함께라면 이 자리는 어떻게든 된다고 자만한 것이다.

아니, 최가의 잡놈을 잡아서 팔황아의 일에 고산 최가를 얽어 넣을 수 있다고, 대혜왕과 함께 고산 최가를 몰락시킬 수 있는 기회라 생각한 것이다. 여기서 몸을 피해 봐야 최가에 의해 산동의 기반을 잃을 게 분명하니 말이다.

'간악한 놈!'

공손열은 자신을 기습하고 다시 철천해마와 합류한 최가의 잡놈, 해원장주를 노려봤다. 자신이 그렇게 오판하게 만든 것이 저놈이었다.

"뭐, 별수 있어요? 지원을 부르고 올 때까지 버텨야죠!"

불리한 상황에서 저런 소리를 전음이 아니라 육성으로 낸
다는 것은 자신들이 물러가기를 바라며 부리는 허세라 생각
할 수밖에 없지 않은가. 그러니 자신들을 막을 고수가 없다
판단했던 것인데…….

"저 문어랑 매 새끼는 왜 보고만 있다냐?"

무진명이 고현에게 투덜거렸다. 낙 장로와 추 장로가 나서
지 않는 것이 불만인 것이다.

"저 녀석이 미래의 해령후잖아요. 그러니 실적이 필요한
모양이지요."

고현이 턱짓으로 최도인을 가리키며 입을 놀렸다.

"같잖은 수작을 피우는구나!"

공손열이 이를 갈았다. 지금 상황에 저 최가 잡놈이 저런
소리를 하는 이유는 빤했다. 사촌 동생과 싸우고 있는 최가
놈을, 박팔공을 쓰는 최가 놈을 자신이 덮치기를 바라는 것
이다.

최가의 늙다리 둘이 두 눈 시퍼렇게 뜨고 싸움을 주시하고
있는 상황에서 자신이 최가의 후계라는 놈을 덮치려 든다면
어떻게 될지 빤했다. 최가의 두 늙다리들이 득달같이 달려들

터니 말이다.

"안 넘어오네요."

고현이 인상을 썼다. 공손열이 이글거리는 눈으로 자신을 노려보고 있는 꼴이 아무래도 자신의 수작을 꿰뚫는 듯하지 않은가.

"괜한 수작은 그만 부리고 빨리 끝내지."

무진명이 대도를 고쳐 잡으며 말했다.

"그래야겠네요."

고현이 아쉽다는 듯 말하면서 손에 든 뭔가를 입으로 털어 넣었다.

"하나 드실래요?"

"뭔데?"

[소환단이요.]

고현이 전음으로 답했다. 동청보를 통해 년간 일정량씩 들여오고 있는 것이다.

[무리를 죽을 정도로 하라는 소리냐.]

고현의 내심을 읽은 무진명이 인상을 쓰며 고현이 건네는 소환단을 받았다. 한두 알도 아니고 네 알이나 된다.

"젠장!"

무진명은 구긴 인상을 한층 더 구기며 소환단을 입안에 털어 넣었다.

"네놈만은 반드시 죽여 주마!"

노성을 터트린 공손열이 전력을 다해 검을 뻗었다.

웅!

검이 몸을 떨며 토해 내는 강기가 순식간에 뭉쳐 들어 환강이 되어 날아들었다.

"흠큐!"

고현이 칠채홍의 공능으로 자신의 몸을 강화하며 칼을 휘둘러 환강을 맞이했다.

"허!"

무진명이 몸을 허공으로 뽑으며 대도를 휘둘렀다.

콰콰콰쾅!

소환단의 약발마저 더해진 강기의 무더기가 공손열과 고현의 사이에서 폭발했다.

환강과 공손열 사이의 연결에 혼란을 주려는 수작.

"어림없는 수작!"

공손열이 노성을 내지르며 검을 움직였다. 천문위의 고수가 내뿜는 기운이 공간을 채우는 잡스러운 기운을 뚫고 주인의 의지를 힘의 결정에 전했다.

"너 죽고 나 죽자!"

소환단의 약력마저 빌어 강화된 공력이 외기를 타고 증폭되어 환강과 격돌했다.

카르르릭!

환강이 주인의 의지를 따라 돌진을 멈추지 않았다. 칠채홍이 만들어 내는 강기의 변화를 갉아먹으며 전진했다.

"씨발."

증폭된 외기와 내기가 일체화 된 상태라, 강기가 받는 충격은 고스란히 고현의 기맥으로 전해졌다. 기교로 그 충격을 흘려 낼 수도 없는 상황.

쐐애액! 쐐액!

파공성과 함께 섬뜩한 빛이 줄기줄기 공손열을 향해 날아갔다.

캉, 카캉!

공손열의 검이 그리는 궤적이 금속성을 토하며 빛줄기를 떨쳐 냈다.

무진명이 손잡이 삼아 달린 대도의 넉 자 길이의 철봉에 시위를 걸어 철궁을 만들어 철탄을 쏴 대는 것이다.

그 위력은 강기를 내쏘는 탄강에 비견될 지경.

아무리 천문위의 고수라도 그런 공격을 막아 내는 동시에 환강에 힘을 실어 다른 적을 짓누르는 것은 무리.

"네놈부터 죽여 주마!"

공손열의 노성과 함께 고현을 짓누르던 환강이 무진명을 향해 날아갔다. 쏟아지는 철탄을 튕겨 내며 말이다.

"박(迫)!"

고현은 환강이 날아가기 무섭게 공손열과의 거리를 좁혔다.

"그냥 뒈져! 좀 죽으라고!"

시시각각 변화하는 강기를 두른 칼질이 공손열을 향해 휘몰아쳤다.

"산(散)!"

공손열의 외침과 동시에 무진명을 향해 날아가던 환강이 사라졌다. 그리고 고현의 도격을 맞이하는 공손열의 검 끝에서 그 모습을 드러냈다.

콰카카카캉!

공손열이 휘두르는 검첨에서 빛나는 환강. 시전자의 근거리에서 발휘되는 환강의 위력에 칠채홍이 그리는 과격한 궤적들이 질그릇처럼 깨져 나갔다.

"타합!"

기합성과 함께 무진명의 대도가 공손열의 후미로 들이닥쳤다. 어느새 철궁의 시위를 풀어 대도로 전환하여 달려온 것이다.

쾅!

검에 매달린 환강이 그리는 궤적에 무진명의 몸이 뒤로 밀려났다.

"일월천덕환!"

무진명의 얼굴이 불처럼 붉게 물들었다. 전력을 다한다는 증거. 대도가 강기를 흩뿌리며 끊임없는 원을 그렸다.

그 위력은 환강을 잠시라도 잡아 둘 정도.

"흥!"

공손열은 고현과 무진명이 앞뒤에서 만들어 내는 압력에 코웃음을 치며 바닥을 박찼다. 그의 신형이 순식간에 둘의 칼이 그리는 궤적을 벗어났다.

그리고 그 순간 무진명이 그리는 원이 고현을 뒤덮었다.

"씨발, 난장판! "

동시에 칠채홍의 한 수가 펼쳐지니 무진명이 뿌리는 강기의 원이 소용돌이치며 고현의 칼 속으로 빨려들어 새하얀 빛을 만들었다.

"깨져라! "

칼이 그리는 새하얀 빛 무리와 영롱함을 뿌리는 환강이 그대로 맞물렸다.

쩌엉!

공간을 흔드는 쇳소리와 함께 새하얀 빛 무리가 모든 것을 지워 버렸다.

"호설팔……."

공손열이 믿을 수 없다는 눈으로 외쳤다. 하지만 고현은 공손열의 입이 최후의 말을 맺도록 기다리지 않았다.

"칼 무지개, 칠채홍이다!"

빛을 잃은 고현의 칼이 공손열의 목을 날려 버렸다.

"하아, 후."

고현은 호흡을 가다듬으며 칼을 거뒀다. 지그시 눈을 감고
그 자리에서 끓어오르는 속을 다스리려는데.

"남의 내공까지 끌어당겨 간신히 이긴 주제에 꼴값을 떠는
구나. 소환단 남았으면 하나 내놓지?"

무진명이 고현의 곁으로 다가와 손을 내밀었다.

"네 알이나 드렸잖아요."

"그거 한 번에 털어 넣지 않았으면 환강을 그딴 식으로 없
애 버릴 수 있었을 것 같아?"

"이제 몇 알 남지도 않았어요."

고현이 무진명에게 소환단 하나를 건네며 툴툴댔다.

"동청보를 통해 언제든 구할 수 있잖아."

무진명이 소환단을 냉큼 삼키며 웃었다.

"그나저나 저거 진짜 대단해졌군."

무진명이 공손한과 어우러지고 있는 최도인을 보며 감탄을
토했다.

"저대로 놔두면 날 밝을 때까지 저럴 것 같은데요?"

공손한의 환강은 최도인이 두른 현천의 강기를 어찌지 못

했고, 최도인 또한 공손한의 환강을 묵묵히 튕겨 낼 뿐이었다. 그런 주제에 둘의 기세는 수그러들지 않고 있으니 싸움은 장기전으로 갈 것이 빤했다.

"끼어들면 좋아하지 않겠지?"

"아마도요."

무진명의 물음에 고현이 고개를 끄덕이며 답했다.

"그렇다고 저걸 계속 보고 있을 수도 없잖아."

무진명이 슬쩍 인상을 썼다. 다음 일을 진행해야 하지 않은가 말이다.

"그것도 그렇지요."

고현이 고개를 끄덕이며 천천히 발을 움직였다. 자신이 잘라 낸 공손열의 머리가 굴러다니는 곳에 도착한 고현이 슬쩍 발을 움직였다.

휘익!

고현의 발길질에 공손열의 머리가 바닥을 맹렬히 굴렀다. 공손한과 최도인이 만들어 내고 있는 격전지를 목표로 해서 말이다.

그리고 잠시 후.

"가주!"

공손한이 내지르는 경악성이 공간을 울렸다. 바닥을 구르고 있는 공손열의 머리를 발견한 것이다.

그 탓인지 거리가 있는 고현과 무진명의 눈에도 보일 정도의 빈틈이 드러났다. 그리고 최도인은 그 틈을 놓치지 않았다.

"박박박(搏烞胎)."

"흐흐."

자리에 누운 최도인이 고현을 보며 입꼬리를 말아 올렸다.

"꼴을 보아하니 하루 이틀로는 답이 안 나올 것 같은데 뭘 그리 좋아하시나?"

고현이 최도인을 보며 뚱하니 물었다. 최도인은 공손한과의 싸움에 내상을 크게 입어 한동안 거동조차 불편한 상태가 된 것이다.

"천문위의 고수를 홀로 때려잡았으니 나도 이제 천문위라는 거지. 누구와는 다르게 말이야."

고현이 철천해마와 협공으로 간신히 공손열을 죽인 것과 비교하는 것이다.

"근 삼 년 동안 백부께서 고생하셨는데, 그간 놀고먹은 나와 비교하고 싶냐?"

네가 대단한 것이 아니라 너를 그 경지로 이끈 백부가 대단한 것이라고 고현이 비꼬았다.

"속이 쓰리지? 나에게 뒤쳐졌으니 말이야."

최도인은 고현의 비꼼 따위는 못 들은 척 그렇게 히죽거렸다.

"전혀 안 쓰리거든. 무공이야 백부께서 고생하셨으니 당연한 거고 이번 일의 공로나 따져 볼까? 나는 어쨌든 공손가의 가주를 잡았어. 총관 잡은 누구랑 다르게 말이야. 그뿐이냐? 가주도 아닌 총관을 잡는다고 홀로 설쳐서 무엇을 얻었는데? 한동안 병상 신세를 져야 하는 몸뚱이지. 자, 네가 이 꼴이 되면서 생기는 전력 차질을 따져 볼까? 천문위임을 입증한 네가 빠지는 것은 물론이고, 다친 너를 호위하기 위해 두 분 장로도 빠지게 된다고. 황궁무고의 영약을 얼마나 퍼먹었는지 알 수 없는 항산을 상대해야 하는데 천문위 둘을 상대할 수 있는 전력이 빠지는 거다. 이런 상황에 웃음이 나오냐?"

고현이 인상을 팍팍 쓰며 투덜거렸다. 하지만 최도인의 얼굴에서 웃음은 사라지지 않았다.

"나는 챙길 것 다 챙겼거든."

최도인이 여전히 생글거리는 얼굴로 답했다. 네 녀석 일이지 이제 내 일은 아니다 하는 태도 아닌가.

"그리고 너도 알겠지만 고산 본가에서 산동의 양산박을 들이칠 거야."

전후 사정을 따져 보면 공손가의 정체는 대강 나왔다. 철천해마의 제자들을 언급하며 접근한 꼴을 보면 발해에서 놀던 해적들이 분명했다. 몇 해 전 서창에게 전선을 제공하여 황하 거채의 하나였던 양산박을 집어삼키게 만든 자들.

"그러니깐 내가 이러는 거 아냐! 고산에서 새로 사람을 불러 전력을 채울 수 없으니깐!"

항산파의 일도 일이지만 공손가의 일을 알고도 놔둘 수 없는 것이 고산 최가의 입장이었다.

천문위의 고수가 둘이나 튀어나왔다. 게다가 최소 삼 년 이상 서창의 지원을 받아 왔다.

황궁 무고의 비급들과 영약들이 대거 공손가로 유입되었을 것이 빤했다. 그런 상황에서 공손가의 잔당을 놓치게 된다면 향후 더 강력해진 힘으로 최가의 발목을 잡으려 들 게 빤하지 않은가 말이다.

"게다가 전력 문제만이 아니잖아!"

고현이 언성을 높였다.

"뭘?"

최도인이 물었다.

"네 위주로 일을 꾸몄잖아. 죄다 네 위주로 서류를 준비해 놨는데 네가 이 꼴이 되어 버렸으니 마땅한 대안이 없다고!"

최도인이 맡은 자리는 그냥 앉아만 있는 자리가 아니었다.

현장의 상황에 따라 여러 가지 대처가 필요한 자리. 무력도 무력이지만 상황을 살필 수 있는 눈과 상대와 명분을 다틀 머리와 언변, 공식적인 지위가 필요했다.

"네가 내 대신 나서면 될 일 아니야?"

최도인이 히죽거리며 답했다.

"최도현으로 나서라는 말이냐?"

고현이 어이없다는 표정으로 물었다.

"그래."

최도인이 고개를 끄덕였다.

"나는 해원장주라는 신분으로 얼굴이 알려졌거든? 대동 군부의 비수, 대혜왕의 심복으로 소문이 났다고! 그런데 고산 최가의 혈족으로, 최도현의 이름으로 나서라고? 그 뒷감당은 누가 하는데?"

해원장주와 고산수군도독부의 최도현이 동일인물이라는 것이 알려진다면 대동 군부와 고산이 공모를 했다는 사실이 황상께 들통 날 것이 빤하지 않은가 말이다. 쉽게 갈 수 있는 길을 괜히 어렵게 갈 필요는 없는 것이다.

"너."

고현의 말에 최도인이 간단하게 답했다.

"이 인간이……."

"뒷일을 생각해야지."

고현의 노성보다 최도인의 입이 빨랐다.

"일이 잘 끝난다 해도 나중이라도 네 정체를 황상께서 알아봐. 기군망상(欺君罔上)의 죄를 물을 수도 있다고."

"말도 안 되는 억지를……."

최도현의 주장에 한마디 하려던 고현이었지만 잠시 생각해 보니 아예 가능성이 없지 않았다.

일이 좋게 끝난다면 자신은 황하의 전권을 가지게 되니 말이다.

자신이 만들어 낸 이권을 차지하기 위해 누군가가 자신의 약점을 찌를 수 있었다. 아니, 황하의 전권만이 아니다. 서창의 위조 전표 사태를 주도한 탓에 대동 군부의 비수로, 대혜왕이 숨겨 둔 수하로 알려진 고현 아닌가.

자신의 약점은 대혜왕을 찌를 명분이 된다. 황상의 입장상 황족에다 대동 군부를 배경으로 둔 대혜왕이 황태자의 뒤에 언제까지나 서 있게 놔둘 수 없는 노릇 아닌가.

게다가 대혜왕도 이에 편승할 가능성이 있었다. 머리 좋은 대혜왕이 만귀비 일파가 완전히 정리된 다음에도 자신이 황궁에 계속 엉덩이를 비비고 앉아 있으면 일어날 여파에 대해서 모를 리 없으니 말이다.

그렇다고 대혜왕이 자청해서 물러나는 것은 무리다. 그것은 이때껏 힘을 실어 준 대동 군부를 배신하는 행위. 그렇다면 고현 자신의 일을 명분으로 삼을 가능성이 크다.

"게다가 네가 나선다 해도 계획이 크게 변할 것도 없잖아.

대충 훑어보니 애초에 네 정체가 들통 날 상황도 염두에 두고 짠 계획인 듯하고."

"젠장!"

고현이 인상을 썼다. 이에 최도인이 입꼬리를 말아 올리며 말을 이었다.

"그럼 좀 더 일을 키우자고. 원래 예정된 계획에 고산수군도독부의 도독동지(都督同知) 암살 미수 사건으로 말이야."

도독동지는 최도인의 관직. 고산수군도독부의 이인자로 품계로 따지면 종일품의 자리였다. 공손한과 싸워 입은 내상을 암살 미수로 꾸미자는 소리다.

"백부께서 당신의 고생이 헛된 게 아니었음에 아주 만족하시겠어."

고현이 구긴 인상을 한층 더 구기며 투덜댔다.

자신이 미처 생각하지 못한 점을 일생의 맞수였던 최도인에게 지적당했으니 기분이 좋을 리 없다.

"고생 끝에 낙이 온다더니 옛말 틀린 게 없네그려."

최도인이 히죽거렸다.

최도현, 고현은 그가 천재지변(天災地變) 덕에 후계 자리 차지하게 되었다는 평가의 원인이었다.

그의 허점을 자신이 지적해서 바로 잡게 했다. 이제는 누가 그에게 천재지변의 덕이니 운이니 운운하더라도 웃으면서 대응할 자신감을 얻은 것이다.

"그럼 네가 황궁 쪽을 맡아!"

"황궁 쪽은 아버지가 하신다 하지 않았나?"

고현의 말에 최도인이 고개를 갸웃했다.

"공손가가 튀어나온 상황인데 백부님이 그냥 황궁으로 가실까?"

"크윽!"

최도인의 입에서 신음이 튀어나왔다. 아버지 성격 상 직접 움직일 것이 분명했다. 그렇다면 이 일이 자신에게 넘어올 것은 당연지사.

"백부께서 떠맡기기 전에 자청하는 게 모양새가 좋잖아."

구겨졌던 고현의 얼굴이 언제 그랬냐는 듯 미소를 머금고 있었다.

"대인, 대인! 큰일 났습니다!"

진양현의 현승(縣丞)이 호들갑을 떨며 지현의 집무실로 들어왔다.

"체통을 지키게."

진양 지현이 인상을 썼다. 현승이라면 자신의 바로 아래 직급으로 현청의 이인자 아닌가. 그런 사람이 저리 호들갑을 떠니 눈이 절로 찌푸려지는 것이다.

"지금 그렇게 여유 부릴 때가 아닙니다! 간밤에 방평문 쪽에서 큰 소란이 있었답니다. 화광이 충천하고 비명이 난무했다 합니다."

"뭐?!"

현승의 말에 지현의 입에서 경악성이 튀어나왔다. 방평문은 진양현 제일의 무력을 자랑하는 방파였다.

아니, 하루가 다르게 늘어나는 그 위세는 진양현이 아니라 여녕부 전체에 미칠 정도. 그런 방파가 기습당했다. 그런 일이 일어나면 하남 지방관의 머릿속에 떠오를 단어는 단 하나다.

"마적 놈들이 나타난 것이냐!"

"정확한 것은 조사를 해 봐야 알겠습니다만, 아마 그런 듯합니다."

"현도의 방비는?"

"장 포두가 현도 내의 방파들에게 연통을 돌렸고 정용들을 움직여 장정들을 소집하고 있습니다."

"방평문에는? 방평문에는 도움을 요청했나!"

몇 년 동안 없던 일이라 그런지 지현은 제정신이 아닌 듯했다.

"대인, 일이 터진 곳이 방평문 쪽입니다."

"아아!"

현승의 답에 지현은 머리를 감싸 안았다. 마적들을 상대할 때 제일 큰 힘이 되어 주던 곳이 방평문 아니었던가.

　"마적 놈들이 방평문을 노렸다는 것은 꽤나 자신이 있다는 소리 아닌가."

　방평문에는 단독으로 이백 마적을 몰살시킨 무진명이 있었다. 그렇기에 하남의 마적들도 어지간해서는 방평문을 피해 가지 않았는가. 그런데 그런 마적들이 방평문을 습격했다면 충분히 준비를 하고 작정한 뒤 저질렀다는 소리다.

　"여녕부 부도에 파발은 보냈는가?"

　"마적들이 길목을 막고 있을지도 모를 일이라……."

　보내지 못했다는 소리다.

　"이런 답답한 사람을 봤나. 소림 속가 방파들 간의 연락망을 빌리면 되지 않나."

　"그, 그 방법이 있었군요! 그럼 소인은 이만!"

　현승이 지현의 대답도 기다리지 않고 몸을 돌렸다.

　"하아!"

　허둥지둥 달려가는 현승의 뒷모습을 보며 지현은 한숨을 내쉬었다.

　'지부대인의 지원은 기대하기 힘들어.'

　여녕부의 지부대인 정도 되는 관리가 자신이 한 생각을 못 할 리 없지 않은가.

마적들의 세가 방평문을 감당할 정도라면 무림방파들을 소집하여 진양현으로 달려오기보다는 여녕부의 방비를 철저히 하는 것이 사리에 맞았다.

무림방파들을 소집해서 진양현의 현도까지 달려올 시간이면 마적들이 이미 현도를 휩쓸고 난 뒤의 일일 가능성이 높으니 말이다.

'내가 지부라도 그렇게 하겠지. 젠장! 놈들이 방평문으로 만족하기를 기대할 수밖에 없는 일인가.'

방평문은 가진 것이 많은 방파다. 그러니 그런 헛된 기대라도 품을 수 있는 것이다.

"대인! 대인!"

우렁찬 목소리와 함께 금방 나간 현승이 달려오고 있었다.

"여녕부에 소식은 보내고 오는 건가?"

지현이 인상을 쓰며 물었다.

"그럴 필요가 없어졌습니다. 화 대인이 왔습니다!"

현승이 밝은 얼굴로 외쳤다.

"그럴 필요가 없다니? 화 대인이 누구기에?"

지현이 의아한 얼굴로 되물었다.

"방평문의 화 대인 말입니다!"

"하하!"

현승의 대답에 지현의 입에서 웃음이 터져 나왔다. 마적들의 걱정으로 곧 썩을 것 같았던 얼굴이 언제 그랬냐는 듯 화색으로 물들었다.

"어서 오시지요, 화 대인!"

지현이 평안한 얼굴로 화천생을 맞이했다.

화천생이 누군가. 방평문 문주의 남편이자 호법으로 방평문에서 손꼽히는 고수였다.

이런 고수를 내돌릴 정도면 방평문이 마적들을 성공적으로 막아 냈다는 소리 아니겠는가.

그 증거로 십여 명 가까운 도적들이 굴비 엮듯 엮여서 끌려왔다.

"현도 쪽에도 무슨 일이 있었소? 성문의 태세가 심상치 않던데?"

화천생이 물었다.

"간밤에 마적들이 습격한 것이 아니었습니까?"

지현이 물었다.

"저놈들을 마적들로 착각한 것이오? 이거 폐를 끼쳤소."

화천생이 미소를 지었다.

"방평문을 들이친 자들이 마적들이 아니었군요."

지현이 안도의 한숨을 내쉬었다. 마적의 일이 아닌 강호 무림의 일이라면 힘없는 지방관청이 끼어들 일이 아닌 것이다.

"그런데 저들을 어찌 현도까지 끌고 오셨습니까?"

마적들이 아니라면 관청이 있는 현도까지 끌고 올 이유가 없지 않은가. 무림의 일은 무림이 알아서 하는 것이 관례였다. 척 봐도 흉악한 놈들인데 괜히 관청에서 맡아 뇌옥에 넣어 봐야 탈옥할 것이 뻔하고 현청에서 목을 베었다가는 방평문과 원한을 나누게 될 일이니 지현의 표정이 슬그머니 굳는 것도 당연했다.

"우리가 알아낸 저들의 신분과 저들에 의해 우리 방평문이 당한 피해요. 관의 확인을 부탁하오."

화천생이 몇 장의 문서를 내밀었다. 저들에게 이런 피해를 당했다는 것을 관이 공식적으로 인정한다는 문서였다.

"이, 이건!"

문서를 확인하던 지현의 눈이 커졌다. 굴비 엮듯 엮인 자들의 정체에 놀란 것이다.

"여기의 말들이 사실입니까? 이들이 연합하여 방평문을 쳤다는 말입니까!"

지현이 다급히 물었다. 문서에 적힌 것들은 하남 흑도의 굵직한 인사들이었다.

"알 만한 얼굴도 있을 게요."

화천생이 묶인 자들을 가리켰다.

'지, 진짜구나!'

여녕부 지부대인의 생일 때 인사를 나눈 흑도의 거물도 있는 것이다.

"관이 무림의 일에 끼는 것은 좋지 않다 생각합니다."

평소 같으면 방평문의 편을 들어도 무방한 일이었지만 그도 소문을 듣는 귀가 있고 정황을 살필 눈이 있었다. 황상을 등에 업은 항산파가 황하를 장악하고 인근의 흑도들을 통합하고 있는 때였다. 한자리에 모이기도 힘들 듯한 하남의 굵직한 흑도인사들이 저렇게 떼를 지어 방평문을 들이쳤다는 것은 단순한 무림 방파의 이권 싸움이 아니라는 말이다.

'배후에 항산이 있을 가능성이 커. 그런 일에 머리를 들이밀었다가는 망하기 십상!'

지현이 발을 뺐다. 그러자 화천생의 뒤에 가만히 서 있던 인물이 나섰다.

"무림의 일이 아니다."

"화 대인 이분은 누구십니까?"

지현이 물었다. 쉰에 이른 자신보다 한참 어려 보이는 자가 하대를 하고 있다. 힘을 믿고 설치는 무림인이라도 그 지방 관청의 수장은 보통 존중해 주기 마련 아닌가.

"이분은……."

"고산수군도독부의 도독첨사(都督僉事)를 맡고 있는 최도현이네."

고현이 화천생의 말을 끊으며 앞으로 나섰다.

"도독첨사시라고요?"

지현이 미심쩍은 눈으로 고현을 바라보았다. 그도 그럴 것이 무려 종이품의 고관이었다.

하남성을 총 관할하는 포정사 대인이 종이품 아닌가.

방평문이 제법 대단한 방파라지만 종이품의 고관을 일이 터지기 무섭게 바로 청할 수는 없는 법이었다. 아니, 그것은 무림의 태산이라는 소림도 불가능한 일이었다. 그러니 눈초리가 미심쩍게 변하는 것은 당연한 일이었다.

"확인하게."

고현이 자신의 패찰을 내밀었다. 최도인에게 건네받은 것으로 고산에서 칩거하고 있는 것으로 되어 있는 최도현의 공식적인 신분이 적혀 있었다.

'맙소사!'

지현의 눈이 커졌다. 다년간 단련된 관인의 눈으로 봤을 때 확실한 진품이었다.

"도독첨사 대인을 뵙습니다!"

지현은 패찰이 진품임이 확인하기 무섭게 바로 그 자리에 납작 엎드렸다. 상대는 진짜 종이품의 고관. 정칠품의 지현 따위는 눈짓으로 날려 버릴 수 있는 신분인 것이다.

"수군 도독부에서 불법으로 화탄을 제조하는 역적을 쫓고 있네."

고현의 말에 화천생이 한 무더기의 증서를 내밀었다.

"이것은……."

지현이 늘어난 증서들을 보며 이것들이 무엇인지 물었다.

"보게."

고현의 말에 화천생이 내놓은 증서를 지현 앞으로 밀었다. 빨리 읽으라는 무언의 압박. 지현은 어쩔 수 없이 그 증서를 읽었다.

"이건……."

수십 명이나 되는 무관들의 로인(路引)과 고산수군도독부에서 발행한 수색협조 요청서였다.

복건, 절강, 강서, 호광 각 지방관들의 관인이 잔뜩 찍힌, 수십 명의 무관들이 짧은 기간 동안 몇 개의 성을 미친 듯이 헤맨 공식적인 증거였다.

"여녕부에 우리가 쫓던 역적의 흔적을 발견해서 조사 중이었네. 마침 도독동지의 처남 되는 화 지휘사가 여녕부에 자리를 잡고 있어 거처를 부탁했지."

고현의 말에 지현이 화천생을 힐끔 훔쳐봤다. 지휘사만 해도 정삼품의 고관 아닌가.

'내가 지척에 사신을 두고도 몰랐구나!'

지현이 몸을 부들부들 떨며 이어지는 고현의 말을 경청했다.

"그런데 어제 흑도 놈들이 방평문을 기습하더군. 화탄까지 사용하며 말이야! 역적의 추적을 책임지고 계시는 도독동지를 노린 짓이지! 그런데 방금 자네 뭐라 했나?"

'쫓고 있는 역적과 한패가 아니냐?' 라는 소리와 다를 게 없는 말이다.

"역적의 추적이라면 적극 협조하겠습니다!"

지현이 벌떡 일어나며 외쳤다.

황상의 등에 업은 항산에 대한 두려움? 항산은 천리 넘게 떨어진 위협이었고 종이품의 고관은 코앞에 존재하는 위협이었다. 그리고 그가 요구하는 것은 법을 어기는 일도 아닌, 지방관으로 당연히 해야 하는 일 아닌가 말이다.

"거기에 관인을 찍고, 여기도 찍게."

종이품 고관의 지엄하신 명에 지현은 내미는 증서마다 정신없이 관인을 찍었다.

6장
뛰는 놈 위에 나는 놈 1

"사저, 일은 잘 풀렸겠지요?"

무영령이 불안한 목소리로 물었다.

"총호법이 하시는 일이 언제 잘못된 적 있었나요? 크게 걱정하지 않으셔도 됩니다, 문주."

우은혜가 무영령을 다독였다. 어제 총호법의 명을 따라 비밀통로를 통해 문도들을 이끌고 방평문을 나와 있었던 그녀들이었다.

말은 그렇게 했지만 불안하기는 우은혜도 마찬가지였다. 팔황아를 항산에 넘기기로 했지만 문제는 그 팔황아의 구성원들이었다. 군부의 인물들이라면 정치적으로 해결될 문제니 방평문에 별다른 피해가 없겠지만 그들이 무림인이었을 때는 방평문의 평판에 큰 오점이 될 일이었다.

물론 대부분의 문도들은 방평문과 팔황아의 관계를 모르는 상태.

하지만 차후 팔황아의 일이 소문이 나고 그때 방평문이 같이 언급된다면 일의 진상을 깨닫는 자가 나올 것이다. 아무리 대세를 따르고 생존을 위해서였다지만 신의를 배반한 일이 된다. 이탈자가 나올 수도 있고 그렇게 이탈자가 나온다면 일의 전후에 대한 진상이 무림에 알려질 수도 있는 것이다.

'총호법과 이 일에 관해서 논의를 해야 해.'

항산에서 팔황아의 일을 언급할 때 방평문의 이름이 나오지 않도록 하는 것이 최선이었다. 총호법이 어련히 알아서 할까마는 전각을 몇 개 태운다고 한 것을 보면 방평문의 이름이 언급될 수도 있다는 말 아닌가.

"화 오라버니를 끌어들인 것이 이상해요. 그들을 제압하는 것은 항산에서 온 사람들만으로 충분할 텐데. 게다가 손이 필요하면 장로 두 분도 계신데……."

무영령이 불안한 심정을 토로했다.

"화 호법의 무공이 두 사숙보다는 뛰어난 탓이지요. 그러니 너무 걱정하지 마세요."

"그래도 팔황아와 상관없는 화 오라버니를 끌어들일 일은 아니잖아요."

결국은 낭군 걱정이라는 말이다.

"문주. 잠시 뒤면 눈으로 확인할 수 있습니다. 그리고 문주께서 지금 걱정해야 할 것은 화 호법이 아니라 문도들에게 오늘 일을 어떻게 설명하는가! 그 일입니다."

우은혜가 무영령을 잡아먹을듯 노려보며 말했다.

'문주답게 처신하지 못할까!' 하는 우은혜의 사나운 눈초리에 무영령은 입을 다물었다.

그리고 일각 뒤 그들은 방평문으로 돌아왔다.

"맙소사!"

"도대체 간밤에 무슨 일이 있었던 거야?"

"감히 어떤 놈들이!"

"감히 본문을 침탈하다니!"

높다랗게 그 위용을 자랑하던 전각들이 흉한 몰골로 무너져 있는 모습에 사정을 모르는 방평문도들의 입에서 경악성이 흘러나오고 있었다.

그리고 한쪽에 가지런히 누워 있는 백 가까운 시체들. 시커먼 야행의를 입고 있는 꼴을 보아하니 이들이 이 일의 주범들임이 분명했다.

"왔느냐?"

무진명이 그런 방평문도들을 반겼다.

"총호법! 도대체 이게 어떻게 된 일이지요? 분명 이야기
가 잘되었다 하셨잖아요!"

우은혜가 눈을 치켜뜨며 따졌다. 전각을 불태울 것이라는
이야기는 익히 들어 알고 있었다. 문제는 장원 한쪽에 누워
있는 시신들이었다. 야행의를 입은 꼴들이 아무리 봐도 후원
에 모여 있다 기습당한 자들의 몰골이 아니지 않은가. 아니,
후원의 인원들과는 머릿수가 다르지 않은가 말이다.

"잘되었지."

무진명이 환하게 웃으며 고개를 끄덕였다.

"숙조, 화 오라버니는요?"

"이것들의 뒤처리를 위해 현도의 관아로 갔다. 오래 걸릴
일이 아니니 금방 올 것이다."

무진명의 대답에 무영령의 얼굴이 환해졌다.

"총호법, 도대체 이게 무슨 일입니까? 저기 누워 있는 자
들은 도대체 누군가요?"

우은혜가 끼어든 무영령을 제치며 다시 물었다.

"후원의 손님들을 노리고 침입한 잡것들이지."

무진명의 대답.

"그 말씀은 저들이……."

우은혜가 물었다. 자신의 짐작을 부정하는 몰골에 무진명
이 한마디 했다.

"항산 놈들은 열둘밖에 안 되더군. 나머지는 그놈들이 동원한 하남의 흑도 놈들이다."

저 시체가 항산과 연관된 인물들이라는 사실에 우은혜의 얼굴이 하얗게 질렸다.

"숙조, 어제 하신 말씀과는 다르시네요."

무영령이 무진명을 바라보며 물었다. 해명을 요구하는 것이다.

"일단 문도들을 움직여 뒷정리부터 하자. 손님들에게 다 맡겨 놓을 수는 없지 않으냐."

무진명이 주변을 둘러보며 말했다.

"우 사저, 일단 숙조 말씀대로 하세요."

무영령의 말에 우은혜는 문도들에게 명을 내렸다. 방평문의 문도들이 뒷정리를 위해 이리저리 흩어지자 그 자리에는 문주와 통천각주, 두 장로가 남았다.

"안으로 들어가서 화 서방이 돌아오기를 기다리세. 이야기는 그때 하지."

화천생이 도착한 것은 그로부터 한 시진 후였다.

"다들 여기 계셨네."

화천생과 같이 온 고현이 히죽 웃었다.

"해원장주! 장주께서 여기는 어찌?"

우은혜가 고현을 보기 무섭게 물었다.

"도착한 지는 며칠 됐지요. 그동안 후원에 있었습니다. 작전을 위해서라지만 그간 실례를 했습니다."

고현이 그렇게 답을 하며 예를 취했다.

"팔황아를 이용하여 항산을 끌어들인 것입니까?"

우은혜가 물었다.

"팔황아라니 무슨 말씀을 하시는지 모르겠군요?"

고현이 고개를 갸웃했다.

"이 녀석들도 나름 당사자들이다."

무진명이 한마디 했다.

"역적을 추적하고 있었습니다."

"역적이라니요?"

무영령이 무슨 소리냐는 듯 물었다.

"나라에서 금한 화탄을 사사로이 제조하여 악용한 역적이지요."

"후원의 손님들은 그 역적의 흔적을 쫓아 이곳 여녕부로 온 무관들이지. 그런데 어제 역적이 끌어들인 흑도 놈들이 후원을 습격했던 것이지."

고현의 말에 무진명이 보충을 했다.

"하아!"

우은혜의 입에서 한숨이 흘러나왔다.

"총호법, 항산의 뒤에는 황상이 계세요. 그런데, 승산이 있다 생각하시는 거예요?"

고현과 무진명이 무슨 소리를 하는지 알아들은 우은혜가
물었다.

"법대로 움직이면 된다. 명분은 우리에게 있지."

"당금의 황상이 그 명분대로 법대로, 이치대로 움직이시는
분입니까?"

무진명의 답에 우은혜가 다시 물었다. 그랬다면 만귀비 일
파가 득세하고 서창이 날뛰지도 않았을 터 아닌가.

"근본적인 해결책이 있으니 움직이는 게다."

무진명이 히죽 웃었다.

"지금 말씀해 주실 수는 없다는 것이지요?"

"일이 끝나면 자연히 알 일이다."

무진명의 대답에 우은혜는 더 이상 묻는 것을 포기했다.

"숙조께서 하시는 일이 언제 잘못된 적 있나요? 우 사저,
숙조를 믿으세요."

무영령이 우은혜가 조금 전에 했던 말을 끌어다가 그녀를
다독였다.

"문주."

고현의 부름에 무영령이 그를 보았다.

"방평문의 협조가 필요한 일이 있습니다."

"숙조 때문에 어차피 빠져나가지도 못하게 된 것이 본문의

입장. 무슨 일이지요?"

무영령의 승낙에 고현이 두툼한 증서들을 내밀었다.

"어제 우리들을 습격한 흑도 방파의 목록입니다. 방평문의 전력으로 이들을 폐문시키는 일이지요."

고현의 말에 무영령은 그 증서들을 살폈다.

"폐문이라 하면?"

"그들이 역적에 가담했다는 증서입니다. 그것을 내세워 그 방파의 재산을 몰수하고 소속된 자들은 잡아 관에 넘기는 것이지요."

"여녕부에 두 곳, 남양부에 세 곳, 개봉부에 다섯, 총 열 곳이나 돼요. 본문의 전력으로는 이들 모두를 상대하는 것은……."

"그곳 대다수의 주인들과 그 정예들은 어제 방평문의 담을 넘었고 지금 밖에 누워 있지요."

해당 방파의 핵심 전력들이 상당수 죽었다는 말이다.

"그 정도면 가능하겠군요."

"방평문의 전력이 움직이는 일인데 그 비용은 어떻게 충당하지요?"

우은혜가 끼어들었다. 문도들을 공짜로 부리게 할 수는 없는 일이었다.

"몰수되는 자산 중 토지와 건물을 제외한 것들의 삼 할이 방평문의 몫입니다. 피해보상을 내세우면 합법적으로 받아 갈 수 있습니다."

"삼 할이면, 못해도 수십만 냥은 되겠네요."

고현의 말에 무영령의 입이 귀에 걸렸다. 당장 수십만 냥 의 은자가 생길 판이니 당연했다.

하나, 무영령보다 머리가 잘 돌아가는 우은혜는 무영령 마 냥 좋아만 할 수 없었다.

"여녕부는 본문의 세력권이라 별다른 어려움이 없다 해도 남양부와 개봉부에서는 가능할지 모르겠군요. 관이 항산의 눈치를 볼 가능성이 클 터인데……."

역적의 증거를 내밀어도 항산의 뒷배에 버티고 선 것이 황 제 아닌가 말이다.

"그 문제는 천생이 같이 가 해결할 겁니다."

우은혜의 말에 고현이 화천생을 가리켰다.

"대형, 개봉부는 좀 그런데요?"

화천생의 말이다.

"개봉부 부도는 내가 들렸다 가지."

"그럼, 문제없지요."

고현의 말에 화천생이 고개를 끄덕였다. 우은혜가 무슨 엉 뚱한 소리냐며 고현과 화천생을 번갈아 보았다.

"남양부와 개봉부의……."

우은혜가 일 진행의 문제점을 지적하려 하자 무진명이 손을 들어 그녀의 말을 막았다.

"적법한 절차를 걸친 증거가 있고, 지방관을 품계로 누를 수 있는 고관이 같이 움직인다. 그러니 네가 우려하는 일은 없을 게다."

무진명의 말이다.

"예?"

무진명의 말에 우은혜가 놀란 눈이 되어 화천생을 바라보았다.

"그 말씀은 화 오라버니가 고관이라는 말인가요?"

무영령도 한발 늦었지만 앞뒤 정황을 꿰뚫고 우은혜를 따라 화천생을 바라보았다.

"지부대인만 해도 정사품의 고관인데?"

우은혜가 옆에서 화천생의 품계를 가늠하며 하는 소리다. 하남의 성도로 포정사는 물론 도지휘사에 안찰사까지 있는 개봉부만 피한다면 무진명의 말처럼 할 수 있다는 소리니 남양부 지부대인도 품계와 관직으로 찍어 누를 수 있다는 말 아닌가.

"저 녀석, 여기서 한량 짓하고 지냈지만 원래는 정삼품의 지휘사다."

"화 가가."

무진명의 말에 무영령이 화천생을 나지막하게 불렀다. 왜 그런 중요한 사실을 말하지 않았느냐는 그 압박에 화천생은 서둘러 변명을 할 수밖에 없었다.

"대형의 일과 얽혀서 근무지 이탈을 했고 돌아가지 못하고 강호를 떠돌았어. 그래서 삭탈(削奪)된 줄 알고 있었다고. 그런데 이번에 아니라는 것을 듣게 된 거야!"

"매제가 종일품이고 매제의 아버지가 정일품에 후의 작위를 가지신 분인데 저 녀석을 쉽게 자를 수 있을까?"

그 변명에 고현이 초를 쳤다.

"대형!"

화천생이 고현을 급히 불렀지만 고현의 초치는 소리는 멈출 줄 몰랐다.

"젠장, 이래서 외척이 무섭다는 거군. 한 문중(門中)인 나는 천재지변(天災地變)에 휘말려 근무지를 이탈해서 제때 복귀하지 못한 건데도 한 품계 강등을 당했는데 말이야."

"대……."

"그만!"

화천생이 불만을 토로하려는 순간 무진명이 나서 단매에 말허리를 끊었다.

"쉽게 끝낼 일도 때를 놓치면 어려워지는 경우가 허다하다. 그러니 실없는 소리로 시간 잡아먹지 말도록. 화 서방은영령과 함께 문의 정예들을 모아서 목록의 흑도 정리를 시작하고 해원장주는 후원의 손님들과 같이 계획대로 움직이세."

무진명이 그렇게 모두를 재촉했다.

황하를 장악한 항산이 황하 운영의 거점으로 삼은 곳은 섬서 땅인 서안부 화주 화음현이었다. 황하 전체를 관장하기에는 하남 회경부의 제원이나 온현이 적합했다. 하나 항산이 황하를 장악한 목적은 단순한 이권 쟁탈이 아니었다.

대동 군부의 보급선을 쥐기 위한 방편. 그러니 하남과 산서 섬서가 맞닿는 곳이면 섬서든 하남이든 산서로 가기 위해 꼭 통과해야 하는 길목인 화음현에 자리를 잡은 것이다.

화산 본산이 지척이라 화산 제자들이 우글거리는 고장이라 해도 단서철권으로 황상의 보호를 받는 항산인지라 문제될 것이 없었다.

"공손 장로는 아직 연락이 없나?"

공손열이 팔황아의 두령을 잡기 위해 떠난 지 보름이 넘어 이십 일이 되었는데도 소식이 없으니 은근슬쩍 불안한 천기 사사였다.

"장문, 여녕부 진양현은 하남의 남쪽 끝자락입니다. 가는 것이야 여주에서 여수(汝水)의 물길을 따라 간다면 금방이지만 돌아올 때는 육로를 사용해야 합니다. 게다가 공손 장로가 떠난 다음 우리들이 이곳 화음으로 자리를 옮겼으니 연락을 하려 해도 시일이 걸리는 것은 당연한 일입니다."

황하를 장악했다고는 하나 아직 한 달도 되지 않은 일이었다. 기존 황하 수채의 연락망이 제대로 가동되기는 무리.

게다가 서창의 이름으로 구성한 하남의 연락망은 팔황아의 수작질에 망실된 지 오래 아닌가.

그러니 연락을 하려면 소림 속가의 연락망을 빌리든가 하오문에 의뢰를 해야 했다. 하지만 소림 속가나 하오문은 산서의 상인들과 연이 깊고 산서의 상인들은 대동 군부와 연이 깊으니 그들을 이용하려면 팔황아에 대한 정보가 군부로 흘러 들어갈 각오를 해야 했다.

"조심해 움직일 만은 한데 말이야."

항산이 팔황아의 두령을 잡았다는 소문이 인다면 군부가 바로 움직일 게 빤했다.

군부의 직접적인 움직임은 대혜왕에 대한 황상의 의심을 짙게 할 기회가 될지도 모르지만, 지금 항산의 상황으로는 그 기회를 잡는 것이 쉽지 않았다. 산서 내 서창의 눈과 귀들이 이번 전표 사건으로 몽땅 걷혀진 탓이다.

게다가 군부가 이런 일에 항산이 눈치챌 수 있을 정도로 대대적인 움직임을 보일 리도 없지 않은가.

아니, 대대적인 움직임은 약점이 되는 것을 빤히 아는 군부다.

생각이 있다면 전문 살수를 움직일 것이다. 붙잡힌 팔황아의 두령, 그 입 하나만 제거하면 끝이니 말이다.

'그래도 흑도의 절정 무인 하나를 뽑아서 전령으로 보내는 것 정도는 할 수 있을 텐데.'

팔황아의 일에 하남의 흑도 방파들을 동원할 것은 빤한 일. 그러니 일이 끝난 다음 그중 하나를 전령으로 사용한다면 소식을 빨리 전할 수도 있지 않은가.

'명색이 한 가문의 주인. 그 정도 머리는 당연히 있을 것인데 아무런 연락이 없다니…….'

아무리 마음을 비우려 해도 부정적인 생각이 천기사사의 뇌리를 떠나지 않았다.

"장문, 급보입니다! 산동의 양산박이 대대적인 공격을 받고 있답니다."

항산의 문도 하나가 다급하게 달려와 외쳤다.

"산동을 쳐? 누가? 왜!"

천기사사가 놀라 되물을 수밖에 없었다. 황상을 등에 업은 항산이다. 산동 양산박은 그런 항산의 거점 중 하나로 알려진 곳. 작금의 무림에서 그곳을 공격할 미친놈들이 있을 리 없지 않은가.

"고산 수군이랍니다. 고산 수군이 수십 척의 전선을 몰고

와 양산박을 포위해 공격하고 있답니다."

"고산 놈들이 왜!"

십만대산에 자리 잡은 선강림파와 해상의 패권을 두고 다투고 있는 곳이 고산 수군이었다. 그 고산 수군이 항산을 후려칠 이유가 없지 않은가.

'설마?'

아니 없지는 않았다. 고산의 종주는 최가. 양산박 수채를 패망시키고 산동 물길을 장악한 공손가와 구원이 있는 곳이었다.

'공손가를 치기 위해서? 아니, 선강림파와 다투는 그들에게 책사가 없을 리 없잖아! 정체를 대놓고 드러낸 상태로 우리를 공격한다는 것은 말이 안 돼!'

아무리 고산의 종주인 최가라도 공손가가 항산의 일부가 되었음을 고려하지 않을 리 없다. 그 근본이 해적이라 해도 어쨌든 지금은 당당한 대명의 수군 도독부인 고산의 주인인 최가가 황상의 위엄을 이렇게 대놓고 거스를 리 없는 것이다.

"산동의 양산박을 친 적도들이 고산 수군이란 것을 어떻게 알아낸 것이냐?"

최가가 정체를 숨긴 상태고 공손가를 쳤고 공손가가 그들의 정체를 알아낸 것이라면 황상의 위엄을 들먹여 고산 최가를 손에 넣을 수도 있는 일 아닌가.

"과거의 죄를 뉘우치지 않고 역적들과 손을 잡은 공손가의 죄를 묻겠다며 천명하였습니다!"

"뭐?!"

수하의 이어진 보고에 천기사사의 눈이 커졌다.

"그게 무슨 개소리야?"

공손가와 손잡은 것은 항산이고 항산의 뒤에는 황상이 있었다. 그런데 무슨 역적을 들먹인단 말인가. 그리고 저렇게 천명했다는 것은 고산 수군이 복면을 뒤집어쓰지도 않은 민낯으로 공손가를 공격하고 있다는 소리다.

'설마, 대동 군부와 고산이 손을 잡았단 말인가? 진짜로 역천을 꾀하기 위해?'

그럴 수는 없었다. 아니, 그랬다가는 고산 수군이 한가롭게 황하로 기어 들어와 양산박을 칠 리 없었다.

'대동 군부와 손잡고 진짜 역천을 꾀했다면 고산 수군은 당장 천진을 점령해야 해.'

아니 반란은 그냥 힘이 있다고 일으킬 수 있는 게 아니었다. 대동과 고산이 역천을 꾀하려면 명분이 필요했다.

명분 없이 역천을 꾀한다면 구변진의 다른 군부들이 이를 보고만 있을 리 없는 것이다. 가진 힘으로 제위가 정해진다면 구변진의 다른 군부들도 제위를 노릴 힘이 있으니 말이다.

'설마, 명분을 쌓기 위해 우리를 공격했다?'

그것도 이상했다. 항산이 황하를 장악하기는 했지만 아직 대동 군부의 보급을 틀어막은 것도 아니지 않은가 말이다.

진짜 역천을 꾀한 것이고 명분을 쌓기 위해서 항산을 치는 것이라면 지금이 아니라 항산이 대동의 보급을 틀어막았을 때가 적기지 않은가.

천기사사의 머리가 그렇게 맹렬하게 돌아가고 있을 때 또 하나의 목소리가 다급함을 토해 냈다.

"장문, 급보입니다!"

"산동의 일 외에 또 무슨 일이 터진 것이냐!"

"본문에 충성을 맹세한 개봉 남양 여녕부의 흑도들이 죄다 폐문 당했습니다!"

"공손 장로가 정예들을 차출한 지역들입니다!"

문도의 보고에 장로 중 하나가 급히 말을 덧붙였다.

"공손 장로의 일이 틀어졌다는 소리인가?"

"폐문의 주역은 여녕부의 방평문이며 해당 방파들은 역적에 협조를 했다는 이유로 가산이 몰수되고 방도들이 죄다 관아에 압송되었습니다."

"그 무슨 개소리냐! 그러면 해당 지역의 관청이 그 일에 협조를 했다는 말이잖아!"

항산의 뒤에 황상이 있다는 것을 모를 리 없는 지방관들 아닌가. 방평문은 군부와 연결된 방파. 군부의 힘으로 지방 관들을 압박했다? 말이 안 되는 소리다. 그렇게 되면 항산파 와 황상이 대동을 칠 명분을 얻게 되지 않는가 말이다.

"공손 장로의 실패."

방평문이 저리 날뛰는 꼴을 보면 공손열이 성공했을 리 없었다.

"고산 수군이 공손가의 근거지를 쳤다."

우연히 일어났다고는 보기 힘들었다. 그리고 공손가를 친 고산 수군의 역적 운운에 방평문의 행보에 협조하는 지방관 이 천기사사의 뇌리 속에서 연결되었다.

"적법한 절차, 지방관의 협조, 당당한 고산 수군, 항산이 쥔 단서철권!"

천기사사의 눈이 부릅떠졌다.

"철존걸은? 용문산 수채 녀석들은 지금 어디에 있지?"

"확실한 황하 봉쇄를 위해 건너편인 산서의 예성현으로 배치시켰습니다."

천기사사의 물음에 장로 중 하나가 급히 답했다.

"당장 데려와! 나머지는 당장 싸움이 일어나도 문제없도록 문도들을 대비시켜라!"

"장문, 도대체 어떻게 된 일입니까?"

천기사사의 명에 장로 하나가 대표로 물었다.

"하백 철존걸이, 용문산 수적들이 우리의 뒤통수를 쳤을지도 모를 일이다."

빠드득!

천기사사가 이를 갈았다. 그리고 반 시진 뒤 천기사사의 예측은 정확히 들어맞았다.

"장문, 큰일 났습니다!"

"또 무슨 일이냐!"

"용문산 놈들이 수적 놈들이! 포구에 불을 질렀습니다!"

"뭐! 그럼 배들은?"

"그게 송진과 주정(酒精)을 사용한 불길이라……."

보고를 하는 항산 문도의 목소리가 기어 들어갔다. 불길을 잡지 못하고 있다는 소리였다.

"도대체 어떻게 된 것인가! 문도들을 대비시키라 하지 않았는가!"

천기사사의 노성이 대청을 울렸다.

"수적 놈들이 배 위에서 화전을 날려 대는데 별다른 수가 없었소이다."

갑판 위로 날아드는 화전은 어떻게든 막아 낼 수 있다지만, 돛 포와 돛대 상부를 노리고 날아든 화전은 갑판 위의 인물들이 막을 수 있는 것이 아니었다.

게다가 용문산의 수적들은 물 밑으로 잠행을 해서 전선의 방향타를 통해 배 내부로 잠입해 불을 질러 댔다. 배의 구조에 익숙하지 않은 항산의 문도들이 어떻게 막아 낼 수 있는 게 아닌 것이다.

"장문!"

불길과 싸우다 온 듯 전신에 검댕이 묻은 장로가 대청으로 들어섰다.

"배를 모두 잃은 것인가?"

"하백이, 철존걸이 장문과 대화를 요청하고 있소."

대답 아닌 다른 소리가 장로의 입에서 나왔다.

"감히!"

천기사사는 노성을 내질렀다.

"장문 진정하시오!"

장로의 외침에 천기사사는 눈을 감고 천천히 호흡을 골랐다. 여기서 화를 내어 봤자 해결되는 것은 없지 않은가 말이다.

"놈은 어디 있나?"

분노를 갈무리한 천기사사가 물었다.

"포구의 쾌속선에서 장문을 기다리고 있소."

장로의 대답에 천기사사는 자리를 박차고 나섰다. 황하를 감시할 목적으로 거점을 잡았기에 그 위치는 포구와 가까웠다. 느릿한 걸음이라도 장원에서 벗어나 반 각이면 포구에 닿을 수 있을 정도.

천기사사가 포구에 도착하니 불길은 거의 다 잡혀 가고 있었다. 아니, 정확하게는 태울 만한 것을 다 태운 불길이 알아서 꺼져 가고 있었다.

포구에 자리 잡은 쾌속선과 전선들은 여기저기 시커멓게 그을려 있었다.

커다란 전선들은 배의 형태는 어찌 유지하고 있었지만 한눈에 봐도 당장 움직이기에는 무리인 모양새였다.

"오셨소, 장문!"

철존걸이었다. 그는 천기사사가 서 있는 강변에서 십여 장 떨어진 물 위에 정박해 있는 쾌속선 위에 당당하게 서 있었다.

"이유가 뭐냐?"

천기사사가 물었다.

"무슨 이유 말이오?"

"이런 짓을 한 이유!"

"성의를 보여야 하는 것도 있고. 분노한 장문께서 우리 용문산 수채의 뒤를 쫓지 못하도록 하는 것도 있지요."

철존걸이 유들유들하게 답했다.

"애초부터 대동 군부와 손을 잡은 것이냐?"

"대동 군부보다는 해원장주와 손을 잡은 것이오."

방평문은, 팔황아의 두령은 애초부터 함정이었다는 것이 확실해진 것이다.

"해원장주가 무엇을 내준다기에 우리 항산이 아닌 그를 택했나?"

아무리 생각해도 항산이 용문산 수채에 줄 수 있는 것 이상은 줄 수 없는 것이 군부의 입장이었다. 아니, 용문산 수채의 배경을 생각하면 도저히 항산만큼 챙겨 줄 수 없었다.

"확실히 해원장주의 보장은 항산의 보장만큼 대단하지 않았소. 삼문협의 영역 절반은커녕 삼문협의 영역은 한 치도 못 준다 했으니 말이오."

"그런데 왜?"

철존걸의 대답에 천기사사가 물었다.

"보급선을 끊는다고 대동 군부가 만귀비에게 넙죽 엎드리지 않을 것을 알고 있는 탓이오. 대동 군부가 항산의 행사에 반발하여 군대를 일으키면 중원이 혼란스러워질 것은 당연지사."

"중원이 혼란스러워지면 초원을 배경으로 둔 용문산 입장상 나쁘지 않을 텐데?"

"기만하지 마시오! 당신 정도 되는 자가 진정 몰랐다 할 셈이오!"

철존걸이 노성을 내질렀다.

"대동 군부가 움직인다고 다른 구변진이 움직인다는 보장이 있소? 그리고 그렇게 움직인다 해도 우리 오이라트가 이득을 볼 수 있을 것 같으오? 해원장주는 그걸 고려했고 항산은 그것을 고려하지 않았소. 오직 감언이설을 지껄였을 뿐!"

초원의 패권을 잡고 있는 것은 저 대단한 여걸 만두하이가 이끄는 타타르였다.

용문산 수채의 배후인 오이라트는 타타르에 밀려 옥문관 밖의 패권을 간신히 유지하고 있는 상태.

중원이 혼란스럽다 해도 옥문관 일대를 방어하고 있는 감주 군부가 움직일지 모를 일이고 설사 그들이 움직인 틈을 탄 오이라트가 옥문관을 넘는다 해도 나오는 것은 별로 대단한 이권도 없는 섬서 서부였다. 힘들게 차지해 봐야 뜯어먹을 것도 없는 땅인 것이다.

그에 비해 타타르는 어떤가. 타타르의 주력이 대치하고 있는 상대는 다름 아닌 대동 군부다.

주력을 억제하던 원인이 자리를 비우게 되어 대동을 넘을 수 있게 되면 바로 돈 많은 자들이 득실거리는 산서 땅. 그리고 대동을 넘으면 바로 북직례를 노릴 수 있었다. 정치적으로 경제적으로 상당한 이득을 얻을 수 있는 것이다.

상황이 이러니 중원이 혼란스러우면 오이라트가 얻을 수

있는 것에 비해 타타르가 얻을 수 있는 것이 훨씬 많게 된다.

안 그래도 타타르에 밀려 숨죽이고 사는 오이라트다. 어떻게든 과거의 영광을 재현하려고 몸부림치는 오이라트인데, 타타르와의 격차를 더욱더 벌어지게 만드는 일에 협조할 이유가 없지 않은가.

"나를 보자 한 이유는?"

천기사사가 살기가 넘실거리는 눈으로 물었다. 철존걸이 자신을 만나 이런 소리를 주절거릴 이유가 없는 것이다.

"해원장주의 요구요. 곧 만날 텐데, 아무것도 모르고 있으면 입 아프게 전후 사정 설명해야 하니 최소한의 상황 정도는 숙지하게 해 놓으라 해서 말이오."

이틀 전 해원장주가 직접 찾아오지 않았던가. 그 탓에 철존걸이 이렇게 움직인 것이다.

"네놈!"

철존걸의 말에 천기사사가 노성을 터트렸다. 하지만 그의 입과 달리 발은 강변을 박차지 않았다. 그의 몸이 황하를 가르고 십 장의 거리를 날아 쾌속선 위의 철존걸을 덮치는 일은 일어나지 않은 것이다.

"사람이 화가 나면 그 화를 풀어야 하는 법인데······."

철존걸이 천기사사를 보며 이죽거렸다.

천문위에 오른 철존걸이라 해도 천기사사는 가볍게 볼 상대가 아니었다. 정면으로 맞붙는다면 목숨을 걸어야 하는 상대.

하지만 발아래가 전신이 빠져들 정도의 깊은 물이라면 수적 두목으로 물 위에서 수십 년을 살아온 철존걸의 승산이 십 할이었다.

천기사사도 그 사실을 알기에 철존걸의 도발에도 자신을 억제하고 있는 것이다.

"이거 추가로 돈 벌 기회를 잃었군."

철존걸이 입맛을 다셨다. 천기사사를 도발하여 수전에 끌어들여 그 몸에 상당한 타격을 주는 것, 그것이 철존걸이 천기사사를 불러낸 진짜 이유였고 해원장주의 요구였던 것이다.

돈 벌이가 실패했으니 철존걸이 더 이상 남아 있을 이유가 없었다.

"그럼, 내 용무는 끝이오. 배를 돌려라!"

철존걸이 천기사사에게 인사를 하고는 명을 내렸다. 쾌속선이 그 명에 따라 뱃머리를 돌리고 황하 너머로 사라졌다.

"해원장주! 그 빌어먹을 고가 놈에 대한 모든 것을 알아와! 그리고 지금 일어나고 있는 일들에 대한 정확한 정보도!"

천기사사의 노성이 황하의 강변을 흔들었다.

항산 문도들은 하오문을 움직였다.

이미 방평문의 일이, 팔황아 두령의 일이 군부의 함정임을
알았으니 군부의 눈을 조심할 필요가 없는 것이다.

"화탄을 사사로이 제조하는 역적을 쫓는 고산 수군의 추적
대가 방평문에 머무르고 있었고, 그들을 공손열이 덮쳤다는
이야기군. 추적대의 우두머리인 고산 수군 도독부의 도독동
지가 크게 다쳐 고관 암살미수로 엮어 넣은 것이고."

하오문에 의뢰하기 무섭게 하남을 떠도는 소문들이 튀어나
오고 있었다.

'하남의 흑도들은 죄다 돌아섰다 봐야겠군.'

천기사사는 이맛살을 찌푸렸다. 하오문이 한나절 만에 정
보들을 토했다는 것은 이미 알고 있었다는 소리다.

섬서의 하오문이 지체 없이 알려 줄 정도의 일을 하남의
흑도들이 몰랐다는 것은 말이 안 되는 것. 그러니 하남 흑도
들이 변심을 해서 소식을 알리지 않았다고 생각할 수밖에 없
었다.

'하긴 제 놈들 판단으로는 변심할 만하지.'

흑도들이 앞다투며 항산에 고개를 조아린 이유가 무엇인
가. 단서철권을 지닌 항산의 그늘에 들어간다면 잘난 정파들
은 물론 관부도 흑도의 행사에 감히 끼어들지 못할 것이라
예상한 탓 아닌가.

그런데 난데없이 튀어나온 고산 수군이 사사로이 화탄을

제조한 역적과 연계하여 고관 암살을 시도했다는 핑계로 항산에 협조한 흑도 방파 십여 곳을 폐문시켰다. 그뿐이랴, 항산의 거점인 산동의 양산박까지 후려쳐 버린 것이다.

철벽이라 인식되었던 단서철권의 보호막을 종이짝 마냥 찢고 다니는 무서운 작자들이 있는데 괜히 항산의 곁에 서서 그들의 눈 밖에 나기 싫은 것이다.

"해원장주 고현의 실체가 드러났습니다. 이번 사건으로 다친 수군 도독동지 최도인 대신 고산 수군 추적대의 수장을 맡고 있는 고산 수군 도독첨사 최도현입니다."

"도독첨사?"

천기사사의 눈이 커졌다. 도독첨사라면 종이품. 보통 고관이 아닌 것이다.

"허, 그런 거물이었단 말이냐? 그런 거물이 산서에서 버젓이 돌아다녔는데 알아본 사람이 없다고!"

천기사사의 기가 찬 음성이 크게 울려 퍼졌다.

"고산 수군이 워낙 폐쇄적인 곳이고 뭍의 일에는 거의 끼지 않는 작자들인대다가 한때 죽었다고 소문이 난 작자라 어쩔 수 없었습니다."

보고를 하던 항산 문도가 급히 변명을 했다.

"죽었단 소문은 또 뭐야?"

"현 도독첨사지만 원래는 고산 수군 도독 휘하의 해남진수총병관으로 정이품이었답니다. 이번 일로 다친 도독동지 최도인과 차기 고산 수군의 도독 자리인 해령후의 좌를 다퉜던 인물로, 수년 전 용오름에 휘말려 실종되어 죽었다는 소문이 나돌았습니다만 동해진수총병관인 최도인이 도독동지로 승차하고 얼마 후 살아 돌아왔다는 발표가 있었답니다."

'빌어먹을!'

천기사사는 속으로 욕을 내뱉었다. 고산 수군의 도독 자리를 놓고 다투던 거물이 해원장주란 이름으로 산서에서 살았다는 것은 고산 수군이 이미 오래전부터 대동 군부와 손을 잡고 있었다는 말이 된다.

이렇게 되면 일이 잘 풀려 대동 군부가 들고 일어나면 고산도 같이 일어나는 것이 된다. 고산의 막강한 수군이 천진을 장악한다면 내전이 오래 갈 리 없는 것이다.

'아니, 그건 황제가 대동과 고산이 연수를 했다는 사실을 모를 때지. 이번 일로 고산과 대동이 연수했음이 만천하에 드러난 셈. 그래, 이렇게 되면 구변진의 다른 군부들이 움직일 가능성이 더 커진다. 예전부터 역천을 꾀했다는 방증이니, 고산과 대동이 어찌 북경을 장악해도 군부들이 들고 일어날 명분이 돼!'

희망이 없는 것이 아님에 천기사사는 조용히 눈을 감았다. 차분히 머릿속을 정리하자 그리 나쁜 상황도 아니었다.

'증거 따위는 없지만 황제의 의심을 더 굳히게 만드는 개기로 충분하다.'

천기사사의 얼굴에 미소가 떠올랐다. 군부들끼리 이전투구(泥田鬪狗)의 내전으로 이끄는 것도 좋지만 최선은 역시 만귀비를 제이의 무측천으로 만들어 주씨들의 씨를 말리게 하는 것 아닌가.

'어쨌든 항산이 대동 군부의 보급선을 차단할 거점을 차지한 상태. 거기다 어떤 증거를 가져와도 상황이 이러니 어심이 나를 떠날 리 없다. 해원장주! 아니 고산 최가의 최도현! 네놈이 한 짓은 자충수에 지나지 않아!'

"장문, 이대로 그냥 당하고 있어야 하는 것이오?"

"이대로라면 본문이 역적의 누명을 쓰게 생겼지 않소!"

"무슨 일이 이렇게 꼬인단 말인가!"

"장문, 수가 있지요?"

"천기사사의 실력을 발휘할 때 아니오!"

장로들이 몰려와 한마디씩 하고 있었다. 그도 그럴 것이 그들도 머리가 있어 대동 군부와 고산 수군이 손을 잡고 함정을 팠다는 사실을 알고 있는 것이다.

게다가 항산에 고개 숙였던 흑도의 변심마저 알게 되었으니 불안한 것이 당연했다.

장로들의 호들갑에 천기사사는 눈을 뜬 후 몸을 일으켰다.

"그렇게 걱정할 것 없소. 저들이 산동의 양산박을 후려치지 않았으면 모를까 양산박을, 공손가를 후려침에 우리에게도 명분이 생겼소이다."

"하지만 역적이라 하지 않소! 명분이……."

"공손가와 최가는 구원이 있는 곳이오. 사십여 년 전 천하제일인을 품고 있던 공손가가 어떻게 몰락했는지는 다들 알고 계시지 않소."

"그야 그렇소만. 소식을 들으니 저들은 적법한 증거까지 있지 않소."

"허허, 어찌 이리 다들 간단한 진리를 모르시오?"

천기사사가 여유로운 표정으로 장로들을 훑어보았다.

"간단한 진리라니?"

"도대체 무슨 말씀이오, 장문?"

"대책이 있으면 속 시원히 말씀해 주시오."

"황상은 법 위에 계신 분이오! 적법한 증거? 그런 종이 조각이 어심보다 중요할 것 같소?"

천기사사가 웅성거리는 장로들을 향해 자신감 넘치는 얼굴로 물었다.

"보시오! 산서 해원장주의 정체가 고산 수군의 도독첨사였소. 도독첨사가 어떤 자리인지 아시오? 종이품이오, 종이품! 대동 군부에서도 그보다 높은 품계가 몇이나 될 것 같소? 게다가 해원장이 언제 산서에 들어섰소? 오 년, 오 년이 넘소이다. 그게 무엇을 뜻한다 보시오? 도독첨사와 같은 어마어마한 고관이 자신의 임지를 오 년이나 비워 둘 만큼 중요한 일을 산서에서 진행하고 있던 것이오. 그리고 황상께서 단서철권을 본인에게 내려 황하를 장악하게 한 이유가 무엇이오? 저 무도한 대동 군부의 역심에 대비하기 위한 것이 아니오! 그런데 이번 일로 무엇이 드러났소? 대동 군부와 고산 수군의 연수가 드러났소. 해원장의 성립 기간을 보면 그들이 손잡은 지 하루이틀도 아니고 오 년이오, 오 년! 이는 저들이 오래전부터 역심을 가져왔다는 증거! 그 증거가 드러난 이유가 무엇이오? 본문의 활약 때문이 아니오! 그런 상황인데 폐하께서 저 무도한 놈들을 그냥 놔두리라 보시오? 이런 결정적인 증거를 드러나게 만든 본문을 역적들의 손에 허무하게 사라지게 만들 분 같으오?"

천기사사의 열변에 장로들의 얼굴이 활짝 피어났다.

"본문의 미래는 밝소. 괜한 걱정을 할 시간이 있거든 황상의 은혜에 보답하기 위해 황하를 틀어막을 배라도 구하시오. 어찌 됐든 본문의 임무는 황하를 틀어막아 대동 군부의 보급선을 끊는 것이니 말이오."

천기사사의 명에 장로들이 가벼운 발걸음으로 대청을 나섰다.

'이런 일은 확실히 하는 것이 좋지.'

천기사사는 대동 군부와 고산 수군의 연수 의혹에 대한 장문의 상소를 작성해 황궁으로 보냈다.

7장
뛰는 놈 위에 나는 놈 2

"용문산에서 온 연락인가?"

무진명이었다. 고현이 전서구가 물어 온 소식을 살피고 있자니 옆으로 와 묻는 것이다.

"돈 준비할 필요는 없겠어요."

고현이 고개를 끄덕이며 아쉬운 얼굴로 답했다. 계획대로 용문산 수채가 항산의 뒤통수를 후려치기는 했다. 하지만 추가 요구, 천기사사를 암습하는 일은 실패했다는 소리다.

"예상했던 바지 않나?"

무진명의 말대로다. 천기사사가 쉽사리 당할 것이라는 기대는 고현도 하지 않았던 것이다.

"예정대로지요."

이제 천기사사도 대강의 상황은 짐작했을 터.

"그나저나 진짜로 할 거냐?"

무진명이 마땅치 않다는 표정으로 물었다.

"예까지 오셨으면서 빠지시게요?"

고현이 무진명을 보며 어이없다는 듯 물었다.

"솔직히 내가 낄 필요는 없잖아?"

무진명의 대답.

"만약을 대비해야지요."

무진명은 무력이 필요할 때를 대비한 한 수, 그가 있고 없고의 차이는 컸다.

"하아, 말년에 이 무슨 고생이람."

무진명이 투덜거리며 발을 움직였다. 그렇게 그들은 군병들이 득실대는 대동으로 들어서는 관문인 안문관을 향해 나아갔다.

"어디서 오신 분들입니까?"

안문관을 지키고 있던 수문장이 고현 일행을 보며 정중히 물었다. 일행의 중심에 자리 잡고 있는 고현이 입고 있는 것이 무관의 관복인 탓이다.

타타르와 소소한 전투가 끊이지 않는 대동의 무관이라면 관복보다는 갑주를 입는 경우가 많으니 대동의 무관이 아니라 판단한 것이다.

"고산 수군 도독부의 도독동지 나리시다!"

고산의 무관 중 하나가 앞으로 나와 고현이 일러 준 대로 자리에 없는 최도인의 관직을 들먹였다.

그 말에 수문장의 얼굴이 굳어졌다. 대동에서 고산의 소문을 모를 리 없었다. 대동의 보급선인 황하를 틀어막으려던 항산을 후려친 것이 고산이니 말이다.

고산은 화탄을 제조한 역적들의 뒤를 쫓고 있는 와중.

그런 그들이 대동을 찾았다는 것은 그와 관련된 일이라는 것이다.

수문장은 고산의 무관이 내미는 패찰과 로인을 확인하고 그들을 재빨리 통과시켰다. 자고로 역적과 관련된 일과는 어떻게든 얽히지 않는 것이 최고 아닌가.

대동의 부도로 가는 가장 빠른 길은 상건하의 물길을 타는 것. 고현이 고산의 무관들을 이끌고 나루터에 도착하자 한 척의 쾌속선과 함께 익숙한 얼굴이 그를 맞이했다.

"하아!"

"인사도 하기 전에 한숨이냐!"

얼굴 보기 무섭게 한숨부터 쉬는 관제도의 행동에 고현이 한마디 했다.

"하!"

그 말에 돌아온 것은 또 한숨이다.

"얼마나 몰려온 거야?"

고현이 관제도의 심상치 않은 반응에 묻지 않을 수 없었다.

"오만을 넘었다."

장성 밖 마시(馬市)에 말을 팔기 위해 온 부족민들의 수였다. 대동 군부에서 경영하는 마시에 말을 팔기 위해 찾아온 마주(馬主)와 그 일행들이지만 그 근본은 언제든지 정병으로 전환이 가능한 타타르의 장정들.

"많네."

충돌이 일어나면 장성에 의지하지 않고서는 물리치기 힘든 전력. 관제도의 한숨이 이해가 되는 고현이었다.

"그래 예상외로 너무 많이 왔어. 일을 이대로 진행하면 예상대로 일이 풀리지 않을 가능성이 커."

"대안은 있어?"

관제도의 말에 고현이 물었다.

"진짜 다른 방법은 없는 거야?"

관제도가 대답 대신 되물었다.

"있을지도 모르지. 하지만 내 머릿속에는 없다."

"젠장!"

고현의 대답에 관제도의 입에서 욕이 튀어나왔다. 마땅한 대안도 없이 계획을 중단할 수는 없는 노릇이니 당연했다.

"그래도 만귀비가 제이의 무측천이 되거나, 내전이 일어나는 것보다는 훨씬 낫잖아."

고현의 말이 사실이기는 하지만 관제도에게는 전혀 위로가 되지 않는 소리였다.

"고산 수군의 일로 우리가 덕을 보기는 했다만, 그렇다고 이렇게까지 할 필요가 있나?"

대동 군부의 화기를 담당하는 화창위(火槍衛)의 지휘사인 육제헌의 입이 불만으로 튀어나왔다.

그도 그럴 것이 고산의 무관들이 자신의 텃밭인 화창위의 무기고를 감찰한답시고 돌아다니고 있으니 당연했다. 게다가 대동에 자리 잡은 화창위를 감찰할 권한 따위 없는 곳이 고산 아닌가 말이다.

"역적을 추적하는 일이잖습니까?"

관제도가 쓴 웃음을 지으며 말했다.

"그게 어디 고산의 일인가? 금의위나 창위들의 일이지."

"그렇기 때문에 그렇지요."

의미심장한 말이다.

"무슨 소리인가?"

육제헌이 물었다.

"왕 고자가 실각했고, 황사가 조정 밖으로 밀려났다지만 엄밀히 말해 만귀비의 영향력은 아직도 상당합니다."

그도 그럴 것이 만귀비를 싸고도는 건 다름 아닌 황상 아닌가 말이다.

"게다가 항산을 만든답시고 서창의 창위들을 대거 빼내간 탓에 약해졌다지만 서창이 가진 힘도 아직 적지 않지요."

거기다 새로 서창의 제독이 된 상명의 수작질에 어심이 대왕부와 대동 군부를 떠난 상태였다.

"고산의 일을, 화약을 사용하는 역적들이 나타났다는 것을 핑계로 서창이 감찰을 한답시고 우리 대동으로 밀고 들어올 수도 있다 그 말인가?"

어심이 만귀비를 향한 만큼 황태자에게도 향한 탓에 황태자의 후원자 노릇을 하는 대혜왕의 편의를 이때껏 봐주던 황상이었다. 하지만 지금은 황상이 대혜왕의 역모를 의심하는 상황.

"그렇지요. 그런데 지금처럼 고산이 먼저 감찰을 한 뒤 문제없다 판명을 내렸는데 서창이 다시 나선다는 것은 고산 군부의 체면에 먹칠을 하게 되는 일이 되지요. 고산이 항산을 후려친 일로 만귀비 일파와 고산이 서로 얼굴을 붉혔다지만 아직 고산이 뒤로 빠질 여지가 없지는 않은 상황 아닙니까."

"역적을 쫓고 있는 것이 고산의 상황. 항산을 후려치게 된 이유가 역적들의 수작일 수도 있으니 만귀비 일파의 입장 상 이것을 잘 이용하면 어떻게 고산을 품을 수도 있는 상황이 다? 그러니 괜히 고산의 체면을 건드리지 않을 것이다?"

"그렇게 생각하고 있는 듯했습니다."

관제도가 슬쩍 식지를 치켜들고 말했다. 대동 상부의 생각이 그렇지 않겠냐는 소리다.

둘이 그렇게 이야기를 나누고 있자니 고산의 무관들을 이끌고 고산의 도독동지 나리께서 다가왔다.

"조사는 다 끝난 것입니까?"

육제헌이 물었다.

"일단, 장부에 기재된 화약과 실물의 수량은 일치하더군. 하지만 일은 확실히 해야 하는 법이지."

"무슨 말씀이신지요?"

고산 도독동지 나리의 말에 육제헌이 물었다.

"물량을 빼돌리고 남은 화약에 불순물을 섞어 양을 맞췄을 가능성도 생각해야 한단 말이네."

"그 말씀은?"

"창고의 화약 중 일천 근을 무작위로 차출한다, 그리고 그 화약의 성능이 동일한지……."

"지금 일천 근이라 하셨습니까?"

육제헌은 하도 어이가 없어 하늘같은 종일품 도독동지 나리의 말을 끊어 먹었다.

"화창을 한 번 사용하는 데 드는 화약이 한 냥입니다. 투척용 화탄에 들어가는 화약이 두 근이고! 일천 근이면 일만 육천 개의 화창이 동시에 불을 뿜을 양이란 말입니다! 화탄으로 셈하면 오백 개! 타타르 놈들이 천 단위로 몰려온다 해도 단번에 박살 낼 수 있는 화력입니다! 지금 그런 양의 화약을 내놓으라는 말씀입니까?"

아니, 그에 그치지 않고 언성까지 높였다.

"대동 군부가 이번 일과 무관함을 증명하는 데 그 정도는 싸다 생각하는데?"

육제헌이 저지른 무례와 높아진 언성 따위는 아랑곳 않는 고산의 도독동지 나리였다.

"그것은 제 권한 밖의 일. 정하시겠다면 대동진수총병관의 허락을 받으십시오!"

육제헌이 단호히 외쳤다.

그리고 두 시진 뒤.

"대동진수총병관께서 허(許) 했네."

고산의 도독동지 나리가 대동진수총병관의 명령서를 내밀었다.

'도대체 무슨 생각인 거야? 화약이 비싸다고 훈련도 제대

로 못하게 하는 작자가!'

대동 군부 총책임자의 허락이 떨어진 이상 그 휘하인 육제헌이 버틸 방법은 없었다.

"화약의 위력을 시험한다 하셨으니 화창수들을 동원해야겠습니다. 이백 정도면 됩니까?"

육제헌은 부정적인 생각을 버렸다. 어차피 소모할 화약이라면 이 기회에 새로 들어온 신병 놈들 훈련이나 시키자는 속셈인 것이다.

'일천 근이면 신병 한 놈이 여든 번은 쏘겠군. 한 번 쏠 때마다 죽도록 굴리면 그럭저럭 쓸 만한 화창수로 만들 수 있겠어.'

하지만 그것은 육제헌의 생각일 뿐.

"화창이 아닌 화탄으로 시험할 생각이네."

"그게 무슨 말씀 입니까?"

육제헌이 어처구니없다는 얼굴이 되었다. 화약에 불순물이 섞였는지 알아보기 위한 시험이었다. 시험의 정확성을 따지기 위해서는 한 번에 소모되는 화약이 작은 쪽이 낫지 않은가 말이다.

[육 지휘, 일천 근이나 되는 화약에 단 한 근의 불량 화약도 없다 자신하십니까?]

육제헌의 귀로 파고드는 전음. 대왕부 소속인 관제도가 나선 것이다.

[열댓 근은 나오겠지.]

화약을 대량으로 만들어 보관하다 보면 불량 화약이 나오는 것은 당연한 일 아닌가.

[이백 번이 넘는 불량이 나오는 것보다 열 번 미만의 불량이 나오는 것이 좋지 않습니까?]

[그렇긴 하군.]

육제헌이 관제도의 말을 수긍했다. 화약의 무게로 따지면 비슷한 불량률이지만, 횟수로 따지면 이백 번과 일고여덟이다. 수십 배의 차이니 느껴지는 체감이 다를 것이다.

"화탄이 안 되면 화창으로 해도 우리야 상관없기는 한데?"

고산의 도독동지 나리가 입꼬리를 말아 올렸다. 그쪽 생각해 주는 거야라는 소리다.

"제 생각이 짧았습니다. 역적을 쫓느라 바쁘실 텐데, 그 생각을 못 했습니다. 그리고 화약 불량률은 평소에도 이 푼 정도 나오니 이 점을 미리 고려해 주셔야 합니다."

"그러지."

이야기가 끝나자 일천 근의 화약으로 오백 개의 화탄을 만들어 화창위 외부로 나갔다. 일행이 도착한 곳은 삼면이 낮은 구릉으로 둘러싸인 직경 백여 장 정도의 분지였다.

"화탄의 시험은 여기서 하시면 됩니다."

"사람들은 물렸나?"

육제헌의 말에 고산의 도독동지 나리가 구릉을 살피며 물었다.

"이 주위에 얼씬거릴 사람은 없습니다. 예전부터 화창위의 훈련장으로 쓰는 곳인 탓에 말입니다."

"그래도 혹시 모르니 주위를 살펴야지."

고산의 도독동지 나리의 손짓에 고산의 무관들이 구릉을 향해 몸을 움직였다.

"이상 없습니다."

반 각 만에 돌아온 그들의 보고에 고산의 도독동지 나리가 명을 내렸다.

"시작해!"

동시에 육제헌은 뒤에서 덮쳐드는 기세를 느꼈다.

"이 무슨……."

몸을 비틀어 덮쳐드는 기세에서 벗어나며 다급성을 내뱉었지만 육제헌은 말을 끝맺지도 못하고 허물어졌다.

쾅, 콰쾅!

무시무시한 굉음이 황야를 내달렸다.

"비라도 쏟아지려나?"

"비 올 하늘이 아닌데?"

마시장에 모인 타타르의 전사들이 하늘을 올려다보며 고개를 갸웃했다.

쾅, 콰르르릉!

그리고 다시 들려오는 굉음.

"천둥소리가 아니다!"

타타르 부족의 경험 많은 노전사가 그렇게 외치며 바닥에 엎드렸다.

"무슨 일입니까?"

주위의 전사들이 노전사의 행동에 의문을 표했다. 그도 그럴 것이 부족의 노전사가 아무도 없는 허공을 향해 오체투지(五體投地)의 예를 취하고 있으니 당연했다.

콰르르릉!

다시 들리는 굉음에 노전사가 입을 열었다.

"천둥은 하늘에서 오는 것. 하늘이 울리고 몸이 울린다. 하지만 좀 전의 것은 물론이고, 지금의 것도 먼저 울리는 것은 땅이었다."

뭔가 일이 나고 큰일이 났다는 소리다.

"저쪽이다! 무슨 일이 일어났는지 살피고 오도록!"

노전사의 말에 부족의 전사들이 몸을 움직였다. 그리고 일각 뒤.

"장성이! 초원의 발길을 막아서는 그 빌어먹을 벽이 무너졌습니다!"

"어디가 얼마나!"

전사의 말에 노전사가 급히 물었다.

"여기서 삼십 리도 안 됩니다. 그리고 딱 봐도 무너진 규모가 백 장 이상입니다."

그 소리에 마시장에 말 팔러 왔던 장사꾼들이 초원의 전사들로 변해 칼을 뽑아 들었다.

"꿀에 달려드는 개미들처럼 몰려가는구나."

초원 위에 선 무진명이 성벽이 무너진 곳을 향해 내달리는 몽골 부족들을 보며 얼굴을 찌푸렸다.

"시간 없어요. 이틀 안에 유림(楡林)의 부곡관(府谷關)을 넘지 못하면 이 통행증으로는 장성을 못 넘어요."

고현이 무진명을 재촉했다. 일천 근 화약으로 장성의 일부를 날려 버린 직후 바로 초원으로 빠져나온 일행이었다. 장성을 무너뜨린 주제에 대동부를 관통할 수는 없는 노릇. 그러니 초원으로 나왔다가 대동에서 발행한 통행증을 이용해 대동과 다른 관할에서 장성을 넘으려는 것이다.

"네놈은 걱정도 안 되냐?"

무진명이 고현을 보며 말했다.

"천재지변도 아니고, 필요에 의해 일으킨 붕괴라고요. 대동이 그렇게 만만한 곳입니까? 그리고 구변진의 정병들끼리 칼질하는 것보다는 백배 나은 상황이지요. 출발한다."

고현의 명을 따라 고산의 무관들이 말 위에서 박차를 가했다.

"장문! 큰일 났습니다."

다급한 소리와 함께 항산 문도 하나가 대청 안으로 뛰어들어왔다.

"무슨 일이기에 이리 호들갑이냐?"

천기사사가 느긋하게 물었다. 천하의 주인인 황상이 항산을 버릴 수 없는 것이 작금의 상황이었다. 호들갑을 떨고 있어야 하는 것은 항산이 아니라 대혜왕과 대동군부, 그리고 어설픈 수작질을 부린 고산의 작자들 아닌가 말이다.

"고산 수군 도독첨사가 이끌고 온 군사들이 이곳을 포위하였습니다."

"어디서 온 군사들이냐?"

"예?"

천기사사의 반문에 항산 문도가 어리둥절한 표정을 지었다.

"군기(軍旗)를 확인하였느냐고 묻는 것이다."

"그것이……."

천기사사의 물음에 항산 문도가 말꼬리를 흐렸다. 갑자기 군사들이 몰려오자 앞뒤 따지지 않고 장문을 향해 달려온 것이다.

"확인하지 않았다는 말이군."

천기사사가 인상을 썼다.

"당장 확인을 하겠습니다."

항산 문도가 고개를 조아리며 외쳤다.

"됐다."

천기사사가 자신의 자리에서 몸을 일으켰다.

밖으로 나오기 무섭게 바닥을 박차 몸을 날려 장원의 전각 위로 올라서니 장원의 사방에서 거마창(拒馬槍)을 설치하고 있는 것이 보였다.

"흠."

천기사사는 안력을 돋워 정문 쪽을 주시하였다. 정문 쪽에 군의 진영(陣營)이 설치되고 있는 탓이다.

"섬서 도지휘사사의 군사군."

진영에 휘날리는 군기를 확인한 천기사사는 군사들을 자세히 살폈다. 군사들 속에 무인들, 아니, 도사와 승려들이 있나 살피는 것이다.

"소림의 돌중들은 물론이고 화산의 말코 놈들 하나 없다?"

군사로 위장했을 가능성도 없잖아 있었지만, 일단 눈에 보이는 군사들 중 늙어 보이는 얼굴들이 없는 것이 중요했다.

천기사사의 구겨진 얼굴이 풀어지며 여유가 만발했다. 그가 전각 아래로 내려서자 항산의 장로들이 기다렸다는 듯 몰려왔다.

"장문!"

"군사들이 몰려왔소!"

"수천 명은 족히 될 듯한 군사들이오!"

"도대체 어찌 된 일이오!"

"이야기가 다르지 않소!"

"군이 나서다니!"

"군이 동원됐다는 것은 황상이 우리 항산을 버렸다는 말 아니오!"

그들이 흉흉한 기세를 내뿜었다. 그도 그럴 것이 수천의 군사를 끌고 온 작자가 고산의 인물이었다.

역적을 잡는다는 명분으로 얼마 전 항산의 일부인 양산박을 후려친 것이 고산 아니던가.

게다가 이곳은 바다와 인접한 양산박도 아닌 내륙 깊숙한 곳이다. 아무리 고산의 고관이 역적을 때려잡는다는 명분을 내세웠다 해도 황명도 없이 수천의 군사를 관할 밖으로 움직일 수 없는 것이다.

"고정들 하시오."

천기사사가 그들을 둘러보며 미소를 지었다.

"이게 고정을 할 일이오!"

흉명을 떨치고 관에 수배된 전적이 있는 흑도의 거마들이라지만 역모의 죄명은 다른 죄목과는 그 대우가 다른 것이 현실이다.

여타 죄목으로 관에서 현상금을 내걸었다 해도 정파의 명문거파들은 그런 푼돈에 몸을 움직이지 않는다.

흑도의 거마들은 명색이 초극고수.

돈 몇 푼에 초극고수와 드잡이질 하는 것은 수지타산이 안 맞는 것이다. 하지만 역모 죄로 수배된 자들은 그 보상이 달랐다. 아니, 공식적인 보상은 얼마 되지 않았다.

하지만 해당 지방관이 역모로 수배된 죄인을 잡아들였을 때는 관직 생활에서 순풍에 돛을 단 격이 되는 것이다. 그러니 지방관이 개별적으로 내놓는 보상이 남다를 수밖에 없었다.

돈 몇 푼이 아닌 굵직한 이권. 그뿐만이 아니다. 중앙의, 조정의 호의를 얻을 수 있다. 조정이 주도하는 굵직한 사업에 한자리 차지할 수도 있는 것이다.

실상이 이러니 역적의 추포에는 정파의 명문 거파만 나서는 것이 아니다. 지역의 패권을 차지하고 있는 흑도의 방파들도 슬그머니 그 대가리를 내밀 것은 당연지사.

그야말로 힘 있는 자들의 맹렬한 추적을 받는, 몸 가눌 때 없는 처지가 되는 것이다.

"지금 우리를 둘러싸고 있는 것은 섬서 도지휘사사 휘하의 군사들이오. 황상께서 우리를 역적으로 확정지었다면 섬서 도지휘사사의 군사들만으로 우리를 포위하고 있다는 것이 말이 된다 생각하시오?"

천기사사가 항산의 장로들을, 전직 흑도의 거마들을 둘러보며 물었다.

"지금 이곳에 있는 우리들의 전력을 저들이 모를 것이라 생각하시오?"

항산은 황상의 비호를, 단서철권을 강점으로 내세워 몸을 불린 방파 아닌가.

문도가 되면 그 사실을 숨길 것이 아니라는 말이다. 아니, 명단을 공개하는 정도가 아니라 아예 명단을 관부에 넘길 정도다.

중요 인사 대다수가 흑도의 거마. 흑도의 거마들이 왜 거마인가? 거마라 불릴 짓거리를 했기 때문에 그렇게 불린다. 그러니 관부에 수배된 죄인인 경우가 다수.

이런 기회에 신분 정리를, 관부의 수배를 풀지 않을 바보는 없다. 아니 거마의 개인 의견 따위는 무시되고 관부의 수

배는 풀릴 수밖에 없다.

황상의 비호를 받는 세력에 범죄자가 있는 것은 그 드높은 위엄을 거슬리는 짓이니 말이다.

그러니 항산의 전력을 적들이 모르기를 바라는 것은 무리다.

"여기 모인 항산의 힘을 아는 작자가 겨우 섬서 도지휘사사 휘하의 군사만을 끌고 왔소. 금군도! 대동의 최정예들도! 섬서에 네 곳이나 존재하는 구변진의 정병들도 아닌 자들로 우리를 잡으러 왔다는 것이 이치에 맞는 일이오?"

이곳을 포위한 군사라 해 봐야 서안에 주둔하고 있던 도지휘사사 직속의 오천여 명의 병력이 다였다.

게다가 장성에 속한 병력이 아닌지라 딱 봐도 구변진의 최정예들에 비해 실력과 무장이 부실했다.

머릿수만 채운 잡병에 가까운 군사로 강호에 흉명을 떨친 거마들의 집합소인 항산의 총타격인 이곳을 치러 왔다고 보기에는 힘들지 않은가.

"군사를 동원하기 힘든 탓에 그럴 수도 있지 않소?"

항산의 장로 중 하나가 천기사사의 말을 부정하는 의견을 냈다.

"군사를 동원하기 힘들다면 하남과 섬서의 정파 놈들을 동원했을 것이오, 그리고 본파의 전력을 생각하면 속가 나부랭

이들을 동원할 일이 아니라 화산이나 소림 본산의 늙다리들을 움직여야 이치가 맞소. 그런데 놈들을 살펴보니 늙은 말코와 땡중은 고사하고 상투 튼 놈, 대머리 하나 보이지 않소. 작금의 상황에 정파 놈들이 나서지 않는 이유가 무엇이라 보오?"

"그것이……."

"그렇긴 하오만."

"흐음."

천기사사의 말에 흑도 거마들의 기세가 수그러들었다.

"사흘 전 대왕부와 고산 놈들의 협작질에 대한 상소를 황상께 올렸소. 아마 그 탓에 놈들이 이리 몰려온 듯하오."

북경이 멀다 해도 전서응을 사용하면 상소가 도착하는 데 하루면 충분했다.

그러니 사흘이면 대혜왕과 그 일파들이 고산 놈들에게 연통을 넣기에는 충분한 시간이었다.

"그 말은……."

"제 놈들의 수작질이 드러났으니 어떻게든 우리 항산에 죄를 뒤집어씌우려 들 것이란 말이오. 우리가 약했다면, 아니, 고산 놈들의 관할과 가까웠다면 양산박의 경우처럼 패악을 떨었을 것이나 그럴 수 없으니 수작질을 부리려는 듯하오."

약한 전력을 몰고 와 부릴 수 있는 수작질은 뻔했다.

"놈들은 필시 우리들을 자극해 충돌을 일으키려 들 것이오."

고산과 대동군부의 연계 의혹은 황상의 마음을 항산에 묶어 둘 수밖에 없는 상황을 만들었다. 황상의 마음이 돌아서지 않는 한 항산을 몰락시킬 방도 따위는 없었다. 그러니 대동군부와 고산의 입장 상 최소한의 피해로 몸을 빼는 것이 상책이다.

'그렇다면 지금 장원으로 몰려온 작자들은 대동군부와 고산이 몸을 빼기 위한 발판, 희생양일 가능성이 크지.'

항산을 자극해 충돌을 일으킨다. 충돌이 일어나면 전력이 약한 쪽이 깨지는 것은 당연지사. 이를 빌미로 항산에 트집을 잡으려는 것이다. 항산이 구린 구석이 있었으니 조사를 위해 파견된 인원들을 공격한 것이 아니냐는 핑계를 이끌어 내려는 수작.

항산에 역모의 죄를 뒤집어씌우려던 수작이 어심의 보호로 이루어지지 않을 듯하자 항산이 오해를 살 행동을 했지 않았느냐며 자신들의 실패한 수작질을 덮으려 할 것이다.

천기사사의 그런 설명에 항산의 장로들이 안색을 회복했다.

"놈들이 빠져나갈 틈을 줘서는 안 되오! 놈들이 원하는 것은 무력 충돌. 그러니 절대 싸워서는 아니 되오!"

"놈들이 먼저 공격해도 당하고 있어야 한다는 소리요?"

천기사사의 말에 항산 장로 하나가 인상을 쓰며 물었다. 적의 공격에 대응하지 않는다는 것은 현실적으로 불가능한 일 아닌가.

"상대가 먼저 공격해 들어온다면 죽이지 말고 제압을 하시오."

"흠."

천기사사의 대답에 항산 장로들이 마음에 안 든다는 표정을 지었다. 하지만 어쩔 수 없는 일이었다.

"절대 죽여서는 안 되오. 그리고 놈들의 도발에 넘어가 먼저 손을 쓰는 일은 없어야 하오. 우리 쪽에서 먼저 손을 쓰게 되면 놈들이 빠져나갈 명분을 주게 되오!"

천기사사가 그렇게 흑도의 거마들을 둘러보며 다짐을 받았다.

"배첩을 보내는 것이 좋았을라나?"

갑옷 입은 무장의 차림으로 군사들의 선두에 선 무진명이 하는 소리였다.

"뭐 좋은 일이라고 배첩을 들이밀어요?"

같은 차림으로 곁에 선 고현이 뚱하니 대꾸했다. 작금의 상황은 일을 진행함에 있어서 부드럽게 나가기보다는 강하게 나가야 할 때 아닌가.

"반응이 없으니 하는 소리지."

무진명의 얼굴에 우려가 깃들고 있었다.

군사들이 몰려와 항산의 총타나 다름없는 장원을 포위한답시고 사방에 거마창을 설치하기 시작한 지 일각이 지난 상태.

밖의 상황을 모를 리 없는 천기사사가 나와 보지 않으니 슬그머니 부정적인 생각이 고개를 드는 것이다.

"내부 단속을 하는 거겠죠."

고현이 괜한 걱정이라는 듯 말했다.

"우리를 칠 준비를 하고 있을지도 모르지. 같은 상황이라면 나라면 그리할 테니 말이야."

무진명이 불안한 심정을 드러냈다.

"재수 없는 소리는 마시죠."

무진명의 말에 고현이 결국 인상을 썼다.

"가능성은 반반 아닌가?"

"칠 대 삼 정도는 되거든요?"

고현이 우기듯 말했다. 솔직히 불안하기는 고현도 마찬가지였다.

'무력 충돌이 일어나면 필패!'

충돌이 일어난다면 섬서 도지휘사사 휘하의 서안 주둔군은 도움이 되지 않는다.

그 전력도 전력이지만 도지휘사와의 약속이 그랬다.

무력 충돌이 일어난다면 현장에서 군을 지휘하고 있는 도지휘첨사는 도지휘사의 사전 명령을 쫓아 주저 없이 군을 물릴 것이다.

그렇게 되면 고현이 이끌고 온 고산 전력만으로 항산을 감당해야 했다.

'여차하면 황하로 도망가면 될라나?'

상대가 항산뿐이라면 문제 될 것이 없었다. 황하가 지척인 곳이라 바로 물속으로 몸을 피하면 되니 말이다.

'물속으로 도망간다 해도 그 작자들이 문제군.'

하지만 무력 충돌이 일어나면 자신의 목숨을 노릴 상대는 항산만이 아니었다. 아니 솔직히 항산, 천기사사의 일파보다는 그쪽이 문제였다.

'젠장, 도인이 놈 때문에 이게 무슨 꼴이람.'

이곳에서의 일이 어떻게 흘러가든 고현이 그린 그림 자체가 틀어질 일은 적다. 문제는 이곳에서의 일이 틀어지면 고현 자신의 목숨이 위험해질 가능성이 높다는 것이다.

'할 수 있는 일은 다했다.'

고현이 그렇게 마음을 굳히고 반 각. 드디어 장원의 대문이 열리며 천기사사가 몸을 드러냈다.

"어디서 온 군사들이냐! 이곳이 항산에 속한 곳임을 알고 하는 짓이냐!"

천기사사의 우렁찬 목소리가 천지사방으로 울려 퍼졌다.

"섬서 도지휘사사 소속 도지휘첨사인 백안이 천하에 명망 높은 황사를 뵙습니다."

미리 이야기 된 바를 따라 군사를 지휘하고 있던 도지휘첨사가 나섰다.

"백 첨사! 섬서 도지휘사사의 군사가 왜 항산의 장원을 포위하고 있는 것이오?"

천기사사가 장원의 대문 앞에 서서 목소리를 높였다.

"고산 수군의 요청에 따른 것이옵니다!"

진영 앞에 선 도지휘첨사 역시 목소리를 높였다. 양방의 거리는 이십여 장은 족히 떨어져 있는 상태였으니 서로 목청을 높일 수밖에 없었다.

"한시름 놨군."

무진명이 히죽 웃었다.

"당장은 그렇지요."

고현이 고개를 끄덕였다. 천기사사가 군사들과 거리를 두고 다가오지 않는다는 것은 이쪽을 경계하고 있다는 말이다. 싸울 마음이 있다면 대화를 빌미로 거리를 좁히는 것이 보통 아닌가.

"허, 섬서 도지휘사는 고산이 내세운 그 말도 안 되는 헛소리를 믿고 본문을 겁박하는 것이오?"

"도지휘사께서는 황사께 유감이 없습니다. 다만 사안이 사안입니다. 그러니 협조를 하지 않을 수 없습니다."

"감히, 섬서 도지휘사 따위가! 그 휘하의 첨사 따위가 황상께서 친히 내리신 단서철권의 권위를 무시할 셈이냐!"

천기사사의 일갈. 황상을 들먹이는 그 호통에 도지휘첨사가 움찔했다.

"어이."

무진명이 고현을 보며 고개 짓을 했다. 이제 그가 나설 차례라는 소리다.

"말 안 해도 압니다."

고현이 고개를 끄덕인 후 발을 움직였다. 도지휘첨사의 곁을 지나 그 앞을 막아서듯 굳게 섰다.

"황사께서는 언제까지 시치미를 떼실 셈이오!"

그렇게 나선 고현이 목청을 돋웠다.

"네놈은 누구냐!"

천기사사가 노성을 내질렀다. 물론 몰라서 묻는 소리가 아니었다. 항산을 크게 물 먹인 해원장주를 천기사사가 모를 리 없지 않은가.

"고산 수군 도독첨사인 최도현이오!"

"고산의 위세가 대단하구나! 황상께서 친히 내린 단서철권의 권위를 이토록 무시하다니 말이다!"

"황사! 걸린 죄가 역모요! 단서철권의 소유자라 해도 역모의 죄에서는 자유로울 수 없는 것이 대명의 법률이오!"

"대명의 법률에 무장이 그 관할을 무시하고 마음대로 휘젓고 다닐 수 있는 것인가? 바다도 아닌 섬서 땅에서 고산 수군의 도독첨사가 이렇게 군사를 움직이는 것이 적법한 행위라 할 수 있는가?"

"황사께서야말로 단서철권의 권위를 무시하시는구려! 나는 고산 최가의 일원이오!"

무림방파 중 황제에게 단서철권을 하사받은 곳은 소림과 항산. 소림은 송나라 때 받은 것이니, 명나라 황제에게 단서철권을 받은 무림방파는 항산이 유일했다.

하지만 무림방파 중 그렇다는 것이지 조정의 문무백관을 따지면 단서철권을 가진 가문은 적지 않았다. 고산 최가 또한 바다를 호령하는 후의 가문으로 전대 황제께서 단서철권을 내린 집안이었으니 말이다.

"이번 일을 처리함에 있었던 위법에 대한 본가와 본인의 죄를 묻고 싶거든 황상의 재가를 받아 오시오!"

고현이 뻔뻔하게 외쳤다.

"단서철권의 권위를 무시하면서 그 권위에 기대겠다는 것인가!"

면상에 철판을 깐 듯한 고현의 태도에 천기사사가 노성을 내질렀다.

"아무리 단서철권이라 해도 역모 죄를 감싸 주지는 못하오!"

고현이 빈정거렸다.

"본인이, 본문이 역모에 가담했다는 증거가 있느냐!"

"항산이 역모에 가담하지 않았다면 항산의 일원인 양산박의 공손씨들이 역적의 뒤를 캐던 본가의 조사대를 공격하고, 본가의 후계를 암살하려 했던 일은 무엇이오? 역적들과 관련이 있으니 그런 짓을 한 것이 아니오! 그리고 황사께서는 항산의 일을 손바닥 위에서 결정하는 자리, 장문의 위에 앉아 계시지 않소? 항산의 장문은 항산의 문도가 벌인 일들에 대해 책임을 지지 않는다는 것이오?"

천기사사의 반문에 고현이 어처구니없다는 듯 외쳤다. 영락제 이후 역모는 십족(十族)을 멸하는 것이 당연시 되었다.

십족이 무엇인가. 부계혈족 사대, 모계혈족 삼대, 처가혈족 이대인 구족(九族)에 친구와 제자, 동문을 합쳐 십족이 아니던가.

"그 모든 것이 대왕부와 손잡은 고산의 계략 아니었더냐! 무도한 수적 놈들을 꾀어 거짓투항하게 하고 본문이 쫓던 마적들의 배후에 방평문이 있다는 거짓 정보를 흘려, 본문이 고산의 조사대를 치게 만들었지 않느냐!"

천기사사의 당당한 항변. 그도 그럴 것이 천기사사의 말은 사실이었으니 말이다.

"본인은 항산이 역적을 도와 고산의 조사대를 암습했다는 증거가 있소!"

고현이 하남 지방관들의 수결이 찍힌 문서를 오른손으로 쳐 들며 말을 이었다.

"황사께서는 이와 같은 명확하고 적법한 증거가 있으시오?"

있을 리가 없다. 증거를 가졌거나 증인이 될 만한 자들은 용문산의 수적들인데 이미 분탕질을 치고 빠져나간 다음 아닌가 말이다.

"손바닥으로 하늘을 가릴 수 있다 보느냐! 네놈이 바로 그 증거가 아니냐! 네놈이 해원장주로 수년간 산서에서 활동한 것을 우리가 모를 줄 아느냐! 대왕부와 고산의 최가가 손을 잡은 사실을 내 이미 황상께 상소를 올려 고했다."

"황사, 상소야 우리도 진즉에 올렸소이다! 그리고 본인에게 해원장주라는 신분이 있는 것이 무슨 증거가 된다는 것이

오? 정황이 그러니 그렇다 밀어붙일 것이오? 적법한 절차를
거친 증거를 보여라 했는데 엉뚱한 말씀만 하시니……. 황
사, 고령이시라 망령이라도 든 것이오? 알 만하신 분께서 이
렇게 앞뒤 구분을 못하시다니!"

천기사사의 호통에 고현이 당당하게 이죽거렸다. 이에 천
기사사가 막 대응을 하려는 찰나.

"도독첨사 말씀이 심하십니다."

섬서 도지휘첨사 백안이 나섰다.

"백 첨사! 지금 역적의 편을 드는 것이오?"

고현이 백안을 향해 돌아서며 인상을 썼다.

"도독첨사, 어찌 되었던 황사는 단서철권을 받으신 분 아
닙니까. 역모와 연류 되었다 하지만 황사의 주장 또한 정황
상 타당성이 충분하지 않습니까. 그러니 본관과 섬서 도지휘
사사의 군사들은 무작정 도독첨사의 뜻을 따를 수 없습니다.
황사께서 상소를 올렸다 하니 황상께서 비답(批答)을 내리실
것이 분명하지 않겠습니까?"

황상의 뜻에 따르겠다는 말이다. 중간에 끼인 섬서 도지휘
사사의 입장 상 최선의 선택이었다.

"그럼 이대로 황상께서 비답을 내리실 때까지 저 역적들
을 보고만 있으란 말이오? 그동안 저 역적들이 관련 증거
를 폐기하면 백 첨사와 섬서 도지휘사사에서 책임을 질 것

이오!"

"도독첨사! 자꾸 그러신다면 우리 섬서 도지휘사사는 이번 일에서 발을 뺄 수밖에 없습니다!"

고현의 말에 백안이 얼굴을 굳히며 외쳤다.

"하아, 그렇다면 어쩔 수 없군. 백 첨사의 의견에 따르겠소. 백 첨사는 군사들을 지휘해 황상의 비답이 도착할 때까지 포위를 유지해 주시오."

그렇게 고현과 협의를 마친 백안이 천기사사를 향해 고개를 돌렸다.

"황사, 섬서 도지휘사사의 군사들이 장원의 출입을 통제할 것입니다."

"감히, 본문의 문도들을 죄인 취급하겠다는 것인가?"

백안의 말에 천기사사가 인상을 썼다.

"만의 하나를 대비하겠다는 것입니다."

"뒤가 구리니 백 첨사의 제안을, 우리의 양보를 받아들이지 못하는 것 아니오?"

고현이 허리춤의 칼자루를 움켜쥐며 웃었다.

'역시!'

황사는 속으로 미소를 지었다. 망할 놈의 해원장주, 고산의 도독첨사 놈의 하는 꼴을 보아하니 자신의 짐작대로다. 놈은 충돌을 원하고 있었다.

"본문은 거리낄 것이 없는 곳. 백 첨사의 제안을 따르겠
네."

천기사사가 냉큼 말을 바꿨다. 이때껏 각을 세운 이유는
당장 씌우려 드는 역모의 덤터기를 피하기 위한 것 아닌가.

게다가 고산의 시커먼 속셈까지 파악했다. 그러니 백안의
제의를 더 이상 거부할 이유가 없는 것이다.

"하아, 무난하게 넘어갔군."

물러나는 천기사사를 보며 무진명이 안도의 한숨을 내쉬었
다.

"무 영감님, 아직 안심하기에는 이르니 긴장 풀지 마시지
요."

고현의 말이다.

"이제 그냥 기다리면 되는 일 아냐?"

무진명이 의아한 얼굴로 물었다.

"아무래도 이 정도로는 모자란 듯해서요."

"또 뭘 하게?"

고현의 말에 무진명이 인상을 쓰며 물었다.

"뭐겠어요?"

고현이 품에서 종이 한 장을 뽑아 꺼냈다.

"봉인(封印)?"

고현이 꺼낸 종이를 보며 무진명이 인상을 썼다. 붉은 주사로 큼지막하게 금(禁)자가 그려진 종이다.

"이렇게까지 할 필요 있을까?"

고현이 하려는 짓을 눈치챈 무진명이 불안한 표정을 지었다. 저걸로 할 수 있는 짓거리가 치졸한 짓이기도 하거니와 그런 치졸한 짓에 흑도거마들이 어떻게 반응할지 빤하지 않은가.

십중팔구 무력충돌이 일어날 일이다. 그러니 불안한 표정을 지을 수밖에.

"정보를 차단하기 위해서는 군사들로 출입을 통제한 것만으로는 부족하지요. 아예 다른 생각을 하지 못하게 해야지요. 명색이 천기사사. 천하의 많고 많은 사기꾼 중 당당히 제일 좌에 오른 두뇌라고요. 대동의 일을 듣게 되면 이쪽의 계략을 간파할 가능성이 높아요. 그렇게 되면 어떻게 되겠어요?"

고현도 위험한 일을 벌이기 싫기는 매한가지. 하지만 일을 확실히 하지 않으면 그 뒤처리에 평생을 매일지도 몰랐으니 어쩔 수 없었다.

"일 끝난 다음 고생할 수는 없지. 그래도 이건 너무한 듯한데?"

무진명이 고현의 말에 동조를 하면서도 안 내키는 마음을 숨기지 않았다.

"천기사사의 수하 장악력을 믿어야지요. 명색이 천기사사 잖아요!"

"그런데, 지금 당장 하려는 건 아니지?"

"장원 규모를 생각하세요. 한두 장으로 되겠어요?"

"우리가 할 짓을 생각하면 수십, 아니 수백 장으로도 모자라겠군."

그날 몇 명의 병사들은 수천 장의 괴황지(槐黃紙)와 주사를 구하기 위해 발품을 팔아야 했다.

"장원의 출입을 통제한 것으로 모자랐다는 건가?"

천기사사가 고현을 향해 언성을 높였다. 어떻게든 꼬투리를 잡아 도발을 하려는 속셈을 알고 있는 그였다.

고현의 얼굴만 봐도 절로 인상이 찌푸려질 정도인데 그런 작자가 날 밝기 무섭게 고산의 무관들을 이끌고 찾아와 수작을 부리고 있으니 기분이 좋을 리 없었다.

"황사, 어찌 되었던 역모와 관련된 일이오. 황사는 떳떳할지 몰라도 모든 항산의 제자들이 그렇다고 장담하실 수 있소? 누가 야음을 틈타 도망갔을지도 모를 일 아니오!"

고현의 요구는 간단했다. 장원의 인원들을 모두 한 자리에 모아 인원 파악을 하겠다는 것이다.

"모두 모이라 일러라!"

상대가 원하는 것은 빤하다. 여기서 말을 길게 해 봐야 부아만 치밀 뿐, 천기사사는 수하를 움직여 장원의 인원들을 한곳에 모았다.

"확인 들어간다!"

장원 안의 인원들이 다 모이자 고현을 따라온 고산의 무관 절반이 그들 사이를 파고들었다.

"본인 확인을 위한 수결을!"

관부를 통해 항산 제자들의 신상을 파악해 놓은 문서에 오늘 날짜를 적고 수결을 받는 것이다. 장원에 머무는 일꾼들도 마찬가지. 오늘 장원의 하인과 시비들의 용모까지 파악해 작성했다.

그리고 그때 나머지 절반의 무관들이 장원의 곳곳으로 발을 옮겼다. 항산의 제자들이 그 모습을 보고 가만히 있을 리 없었다.

"어딜 가는 것이냐!"

"무슨 수작을 부리려고!"

무관들의 앞을 막아서며 호통을 내질렀다. 순식간에 고산의 무관들과 항산 제자들 사이에 험악한 분위기가 형성되었다.

"이 무슨 되도 안 된 짓인가?"

천기사사가 고현을 보며 말을 이었다.

"설마, 인원 파악을 한다는 것은 핑계고 역모의 증거를 찾 는답시고 수색을 강행할 생각이었나?"

절대 고산의 무관들에게 수색을 맡길 수 없었다. 수색 도 중 조작된 증거를 끼어 넣고 증거를 찾았다 우길 것이 분명 하니 말이다.

"황사, 어제도 그렇고 오늘도 그렇고, 어째 소문과 영 달 라 보이십니다. 본관이 그런 멍청한 짓을 할 놈으로 보이 오?"

고현이 천기사사의 내심을 짐작한다는 듯 말을 이었다.

"확실히 하자는 것이오. 본관은 황사가 증거를 치울 수도 있으니 안심을 못하는 것이고, 황사는 본관과 고산의 무관들 이 수작을 부릴까 의심을 하고 있는 상황 아니오. 그러니, 아예 증거가 있을 만한 곳을 봉인하자는 게요! 모두 꺼내 라!"

고현의 명에 고산의 무관들이 품에 간직한 싯누런 봉인지 를 꺼내 들었다.

"항산 제자와 무관 각기 한 명씩 한 조가 되어 봉인을 합 시다."

서로 믿지 못하는 상태. 그렇게 서로의 수작을 막자는 소 리다.

"어디를 봉인할 것인가?"

천기사사가 물었다.

허락한다는 말이다. 어쩔 수 없는 일. 여기서 반대를 했다가는 충돌이 일어나는 것은 자명한 일.

충돌이 일어나면 고산이 빠져나갈 틈을 주게 되는 것이다.

"장원의 창고와 개인 숙소요."

"개인 숙소를 봉하겠다고?"

고현의 말에 천기사사가 인상을 썼다.

항산의 장로들은 흑도의 거마들이오, 항산 제자들은 흑도에서 중진으로 분류되는 인물들이었다. 그런 인물들에게 개인 숙소를 빼앗고 합숙을 강요하는 것은 그 자존심에 칼질을 하는 셈 아닌가.

"개인 숙소에 어떤 장치가 되어 있을지 알 게 뭐요."

고현이 양보할 생각은 털끝만큼도 없다는 듯 말했다.

'하아!'

천기사사는 속으로 한숨을 내쉬었다. 자존심에 칼을 맞고 뿔난 흑도의 거마들을 또 달래야 하는 것이다.

"또 무슨 일이 있는 것이냐?"

처소 문제로 흑도의 거마들을 간신히 달래 보낸 천기사사의 앞에 항산 제자가 뭔가 할 말이 있으나 잘 나오지 않는다는 듯 움찔거리고 있는 것이다.

"그것이……."

항산 제자는 민망한 표정을 숨기지 못하고 말꼬리를 흐렸
다.

"보고할 것이 있으면 말해 보거라."

천기사사의 재촉에 항산 제자가 입을 열었다.

"식자재를 보관하는 창고가 고산에 의해 봉인 되는 바람에
당장 식사 준비에 차질이 생겼습니다."

"허."

천기사사도 미처 생각지 못한 문제였다. 고산 놈들이 봉인
을 떼어 줄 리 만무하고, 항산에서 함부로 봉인을 훼손하면
고산 놈들이 칼을 휘두를 빌미를 주게 되는 일이었다.

그렇다면 밖에 나가 구하면 그만인 일이다. 하지만 이렇게
자신에게 보고가 들어왔다는 것은 빤했다.

"식자재를 구하러 내보낸 하인들이 군사들에 막혀 돌아온
것이냐?"

"예."

천기사사의 물음에 항산 제자가 답했다.

"하아!"

천기사사의 입에서 한숨이 흘러나왔다. 자신에게 보고가
들어올 수밖에 없는 내용이다.

장로들 귀에 들어가 봐야 하등 좋을 것 없는 소리 아닌가.

장원에 기거하는 항산의 문도들은 최소 절정에 이른 무인들. 솔직히 며칠 굶는다고 크게 전력 손실이 일어날 일은 아니었다.

'며칠만 참으면 끝날 일이긴 한데……'

개인 거처를 봉쇄당해 합숙을 강요당하는 마당이다.

그런 상황에 끼니마저 제대로 먹을 수 없게 된다면 자존심 강한 흑도거마들이 참고 있을 리 만무하지 않은가.

아니, 흑도거마들의 자존심이 문제가 아니라 장문인인 천기사사의 능력을 의심받을 수도 있었다.

흑도 명문을 부르짖고 황상의 총애를 확신하는 주제에 문도들의 끼니를 책임질 수 없다는 것이 말이 되는 일인가 말이다.

'별수 없군.'

천기사사는 조용히 고현을 찾았다.

"황사, 식사는 하셨소? 아직 식전이라면 예서 같이 하십시다."

한껏 차려진 진수성찬(珍羞盛饌) 앞에 앉은 고현이 천기사사를 향해 미소를 지었다.

"흥."

천기사사가 고현의 수작에 코웃음을 쳤다. 고현의 말대로 무심코 상 앞에 앉았다가는 문도들과의 신뢰에 금이 갈 것이 뻔했다. 문도들은 굶고 있는 상황에서 장문이란 작자가 적이 권하는 진수성찬을 먹을 수는 없는 노릇 아닌가.

"그보다 어쩔 생각이지? 설마, 본문의 문도들을 굶길 생각인가?"

"항산 문도의 일은 본관의 소관이 아니라 항산의 장문인인 황사의 소관 아니오?"

천기사사의 말에 고현이 무슨 소리 하냐는 듯 반문했다.

"식자재를 구하러 가는 하인을……."

"황사께서는 본관이 여기서 군사를 전개한 이유를 모르시오?"

고현이 어이가 없다는 듯 말을 이었다.

"출입을 통제한다 했고, 그에 따른 당연한 조치요. 게다가 이 일은 이미 황사께서도 동의하신 일이잖소?"

"도독첨사는 죽음을 각오한 것인가?"

고현의 말에 천기사사가 대뜸 물었다.

"허, 아직 한 끼니 굶은 것도 아닐진데, 황사께서 실성하셨소?"

"자신의 처지가 녹녹치 않음을 모르지 않을 텐데?"

고현의 날선 대꾸에 천기사사가 입꼬리를 말아 올리며 웃었다.

"무슨 헛소리를……."

고현이 뭐라 대꾸를 하려 했지만 그 얼굴이 어느새 굳어 있었다.

"항산을 자극해서 무력 충돌을 일으킨다 해도 고산이 이번 일에서 발을 뺄 수 있다 생각하나?"

"흠."

고현의 입에서 신음성이 흘러나왔다.

"이 상황을 계속 유지한다면 의미 없이 목숨을 내놓게 될 걸세."

고산의 수작을 모두 꿰뚫고 있다. 지금 여기서 무력 충돌을 이끌어 내도 네놈 목숨 날아가는 것일 뿐이라는 천기사사의 경고였다.

"장문, 군졸들이 식자재를 보내 왔습니다."

"식자재의 상태는?"

"문제없었습니다."

"다행이군."

천기사사가 고개를 끄덕인 후 손짓으로 항산 문도를 물러나게 했다.

'며칠은 고민하겠지.'

직접 대면한 해원장주는 만만한 상대가 아니었다. 하지만 걸린 것이 그 자신의 목숨. 그러니 천기사사 자신의 말에 흔들릴 수밖에 없는 것이다.

그런 자들은 대개 그렇다. 스스로의 희생에 큰 가치를 부여한다. 그러니 자신의 목숨이 쓸모없는 희생이 될 가능성이 크면 흔들리는 것이다.

"멀쩡한 식자재를 내줬다 들었는데?"

무진명이 의아한 얼굴로 물었다. 계획대로라면 식자재를 엉망진창으로 만든 다음 넘겨야 하지 않았나. 뭔가 계획이 바뀌었다면 자신도 알아 봐야 하는 것이다.

"와서 되도 아닌 협박을 하더라고요. 천기사사나 되는 인물이 왜 그랬겠어요?"

고현이 인상을 썼다.

"예상보다 수하 장악력이 떨어진다는 소리군."

무진명이 고현의 말을 대번에 알아들었다.

"신경을 긁는 짓은 그만둬야겠더라고요."

"잘했다. 칼 맞아 봐야 우리만 손해야."

고현의 투덜거림에 무진명이 반색을 표했다.

"좀 쉽게 가면 좋은데……."

천기사사의 정신을 다른 데로 돌리는 것에 실패했으니 물리적 정보 차단을 강화할 수밖에 없었다.

전서구를 차단하기 위해 사냥매들을 풀고 장원의 경계에 추종향을 뿌려서 외부 인물이 장원의 인물과 접촉 시도를 한다면 당장에 알 수 있도록 경계 태세를 강화해야 했다.

8장
명불허전

"오늘 들어온 식자재에도 특별한 수작을 부린 정황은 없소이다."

오독문의 파문제자 출신으로 독에 조예가 깊은 장로의 말이다. 식자재는 쓰기 하루 전에 들여와서 조사를 마친 다음 소모했다.

"확실한 것인가?"

"단독으로는 독이 아니지만 둘 이상의 것이 반응하여 배속에서 독으로 변하는 경우도 있어 식자재들을 죄다 조합해 봤소, 그런데 독성이 검출되는 일이 없었소."

"시간차를 두어 반응하는 경우는 어떤가? 그러니 어제 식재에 하나를 섞고, 오늘 하나를 섞는 식으로 말일세."

"그런 방식으로는 근육만 키운 삼류에게도 통할까 말까 하오. 삼류만 되어도 일반인보다 음식을 잘 먹고 잘 싸서 어제 먹은 음식의 잔재가 오늘 크게 남아 있기 힘드오."

"그렇다면 다행이긴 한데……."

천기사사가 슬쩍 인상을 썼다. 고산의 놈들이 경계망을 굳건히 할 뿐 아무 수작도 부리지 않는 것이 어째 불안한 것이다.

"그나저나 오늘로 놈들이 들이닥친 지도 이레째인데 소식이 없소이다."

식자재의 독성 여부를 보고 하던 항산 장로가 천기사사를 빤히 쳐다보며 물었다. 천기사사의 장담대로라면 황명이 떨어져 고산 놈들을 잡아 갈 때가 된 것이다.

"소식이 늦는 것을 보니 놈들을 잡아가기 위해 금군이 직접 출동했을지도 모르겠군."

황상의 입장 상 대동과 고산의 연수 의혹을 마냥 보고만 있을 수 없으니 일이 잘못될 경우는 상당히 낮았다.

"그랬으면 좋겠소. 하루이틀도 아니고……."

항산 장로가 슬그머니 인상을 썼다.

"금군이 출동했다 해도 곧 소식이 있을 것이니 크게 걱정하지 않아도 될 것이네. 그러니 며칠만 더 수고해 주게."

"알겠소."

천기사사의 말에 그가 물러났다.

"흐음."

개인 공간이 봉인당한 탓에 장원의 정자(亭子)에 대충 벽을 쌓아 만든 집무실 겸 처소에 홀로 남은 천기사사는 눈을 감았다. 바깥의 소식이 궁금하기는 자신도 마찬가지였다.

하지만 고산 놈들의 경계망은 전서구조차 잡아들일 정도다. 야음을 틈타 사람을 내보내 볼까 싶었지만 전서구마저 잡아들이는 놈들이 사람 빠져나갈 구멍을 놔둘 리 만무하지 않은가.

'괜히 충돌의 빌미만 주는 꼴이지.'

이변이 없는 한 시간은 자신의 편. 걱정을 접고 잠을 청하려는 찰나 그의 감각에 걸려드는 거척이 있었다.

천기사사가 눈을 뜨자 하나의 인영이 거처의 대충 만든 벽을 타고 넘어오는 것이 보였다.

"오랜만이오, 명옹(明翁)."

천기사사와 눈이 마주치자 인영이 이를 드러내며 말했다.

"환사(奐師)!"

인영의 정체에 천기사사의 눈이 커졌다.

"명옹께서 이 몸을 잊지 않으셨구려."

"자네가 여기 있다는 것은 십만대산에서 이 일에 끼어들었다는 말인가?"

십만대산, 백련교의 총본산이 있는 곳이다.

"그렇소."

천기사사의 말에 환사라 불린 인영이 고개를 끄덕였다.

"왜?"

돕기 위해 온 것은 절대 아니었다. 아니, 선강림파의 도움이 필요했다면 천기사사가 진즉에 손을 내밀었을 것이다.

"교단의 적통을 잇고 있는 십만대산이 방계에서 탄생한 이단인 후강림의 교리 아래로 들어갈 수는 없는 노릇 아니오?"

천기사사의 계획이 성공하면 만귀비가 제이의 무측천이 된다.

실질적인 정권을 황사가 잡게 되는 것이다. 그렇게 되면 백련교의 사교 혐의를 벗게 하는 것은 물론이오, 국교로 만들 수도 있었다.

천기사사는 후강림파의 핵심 인사. 후강림파의 교리를 앞세울 것이 분명했고, 그 교리가 옳다는 것을 주씨들을 멸족시킴으로 증명한 것이나 다름없게 된다.

후강림파의 교리가 옳다는 것은 선강림파의 교리가 틀렸다는 증거가 되니 선강림파는 기득권은 물론이고 백련교의 정통성마저 잃고 몰락할 수밖에 없는 것이다.

"당장의 평온에 만족하여 교단이 양지로 나올 기회와 복수의 기회를 걷어차겠다는 것이냐!"

천기사사가 조용히 분노를 토했다.

"이미 금군은 도착했소."

"뭐?!"

"날이 밝으면 명옹을 잡아들이려고 금군이 들이 닥칠 것이란 말이오."

"내가 네놈들의 뜻대로 움직일 것 같으냐?"

자신이 도망가면 자신을 잡아들인다는 핑계로 후강림파에 대한 단속이 시작될 것이다.

거기에 선강림파가 은근슬쩍 손을 더한다면 중원 전역에 퍼져 있는 백련교 후강림파의 인원들은 씨가 마를 것이다.

선강림파의 손해 따위는 없다. 광동과 광서는 암암리에 조정도 인정한 그들만의 영역이니 말이다.

"우리가 사람 하나 지울 능력이 없다 보시오?"

환사가 싱긋 웃으며 말했다.

'빌어먹을!'

황궁비고에서 빼돌린 영약으로 천문위에 올랐다 자부하는 몸이지만, 환사 역시 천문위의 고수 아닌가. 게다가 교주의 사냥개인 환사는 절대 혼자 움직이지 않는다.

저렇게 모습을 드러냈다는 것은 이미 자신을 잡을 준비가 다되었다는 것. 자신이 시체마저 남기지 못하고 사라진다면 그 뒤는 어떻게 될지 빤했다. 자신은 도주자가 되고 자신을

잡기 위해 천하가 움직일 것이다. 그리고 그 와중에 후강림
파의 교도들이 죽어 나가는 것이다. 십만대산의 뜻대로 말이
다.

"원하는 것이 무엇이냐?"

천기사사 자신을 지우는 것이 오롯한 목적이라면 환사가
이렇게 모습을 드러낼 이유도 없지 않은가. 뭔가 다른 목적
이 더 있었다.

"항산 문도들의 신상과 항산의 무공, 황궁비고에서 빼돌린
영약들이오. 요구를 들어주면 내일 금군을 상대로 죽을 기회
를 주겠소이다."

환사의 대답. 선강림파가 노리는 것은 빤했다. 항산의 모
든 것을 삼키겠다는 것이다.

"항산의 탈을 쓰고 중원 흑도에 손을 뻗칠 셈인가?"

사람은 자신이 보고 싶은 것을 보고 믿고 싶은 것을 믿는
다. 그리고 제 마음대로 세상을 살아온 흑도인들은 더더욱
그렇다.

그러니 조정이 내세운 명분은, 천기사사의 죄목은 정쟁(政
爭)에 패한 탓에 덮어쓸 수밖에 없는 덤터기로 여길 것이다.
또한 고산과 대동 군부의 수작질에 흑도 명문의 꿈이 좌절 되
었다 여길 터. 그러니 금군의 손을 벗어난 항산의 장로나 그
후예가 복수심에 불타오르고 있다면 그러려니 할 것이었다.

"이번 일로 고산이 황하를 얻을 것이 분명하니 우리는 중원 흑도에 대한 영향력이라도 얻어야 대충이나마 균형이 맞지 않겠소?"

"십만대산은 고산과 손을 잡은 것이냐?"

"뭐, 결과적으로 보면 그렇소."

환사가 히죽 웃었다.

"빌어먹을 것들!"

"그렇게 억울해하지 마시오. 내 명옹의 복수는 해 줄 테니."

"어차피 내일이면 죽을 목숨, 궁금증은 풀고 싶군."

뭔가 수를 내려면 작금의 상황을 정확히 파악해야 했다.

"어떻게 판이 뒤집어졌느냐 그것이오?"

"그래, 아무리 내 정체가 들통 났다 해도 작금의 상황에서 대동과 고산의 연수가 더 큰 문제가 되었을 터. 어떻게 황제의 의심을 풀고 내가 모든 것을 뒤집어쓰게 되었는지 이해가 안 돼."

잘해 봐야 자신과 고산, 대혜왕이 다 같이 망하는 것밖에 생각나지 않았다.

"해원장주, 고산의 혈해난장 최도현이 진짜 인물은 인물이오. 황제의 의심을 일천 근 화약으로 날려 버렸소."

"무슨 말이지?"

"항산을 칠 명분을 화약 운운하며 시작한 거 보면 애초에 이럴 작정이었다는 소리지. 고산의 이름으로 대동에 협조를 구하고 대동 군부의 화약을 감사(勘査)한다는 핑계로 대동의 화약을 빼내 장성의 일부를 날려 버렸소. 마시에 말을 팔러 온 오만 타타르 기병들 앞에서 말이오."

"미, 미친!"

반역죄를 뒤집어써도 할 말 없는 짓거리 아닌가.

"어떻게 그게 황제의 의심을……."

천기사사는 입에서 반사적으로 흘러나오는 말을 멈췄다. 분명 실행하기 쉽지 않은 일이다.

하지만 작금의 상황을 살피면 이것보다 좋은 수가 없었다.

대동의 군병을 확실히 그 자리에 묶어 다른 마음이 없음을 보인 것이다.

아니, 그것만이 아니다.

고산의 이름으로 일단 저질러진 짓이다. 고산에 대한 대동 군병들의 적개심은 그야말로 최대치로 치솟을 게 분명했다.

그런 상황에서 고산과 대동 군부의 최상층이 손을 잡는다면 군병들이 반란을 일으킬지도 몰랐다. 그러니 아예 고산과 대동 군부가 연수하여 일을 벌이는 자체가 무리인 것이다.

게다가 고산 단독으로 저런 미친 짓을 벌이지 않았을 것이다. 만약 자신이 장성을 날려 버렸다면, 필시 황태자와 대혜왕을 끼워 넣는 것이 필수다.

그 협약을 문서로 확실히 남겨서 말이다.

만약 대동이 대혜왕을 앞세워 반역을 일으킨다면 그 문서를 공개하면 끝. 장성이 무너진 상태에서 오만의 타타르 기병과 치고받았다면 그 피해는 보통이 아닐 게 분명했다.

그 일의 주체가 대혜왕이라는 사실이 알려지면 대동 군심이 대혜왕을 떠나게 되는 것이다. 그렇게 되면 반란은 흐지부지해질 가능성이 십중팔구.

이걸로 가만히 있는 대혜왕을 친다? 평시라면 황제가 이사실을 까발릴 수 없다.

대혜왕이 왜 그런 짓을 해야 했는지를 따지게 된다면 그잘못은 황제 자신에게 돌아올 수밖에 없다.

반란을 일으켰으면 모를까 그렇지 않는데 대동이라는 막강한 전력을 자청해서 잃을 필요가 없는 것이다.

"장성을 무너트려 황제의 의심을 풀 수 있다고는 해도 그것이 본인의 몰락으로 이어지기는 힘들 텐데?"

역심이 없다는 증명은 된다.

하지만 그뿐이다. 천기사사 자신을 내칠 일이 아닌 것이다. 항산이 황하를 틀어막은 일도 따지고 보면 대혜왕을 견제하기 위한 황제의 뜻이 아니었는가 말이다.

게다가 자신은 만귀비의 총신 중 하나. 그런 자신이 황제
에 의해 사라진다면 황제의 손으로 만귀비를 감싸고 있는 보
호막을 거둬 내는 것이나 다름없다.

만귀비가 황자들과 후궁들을 죽이고 다닐 때도 막지 않았
을 정도로 만귀비에 대한 애정이 깊은 황제 아닌가. 그러니
황제의 마음이 오롯이 황태자에게 넘어갈 리는 없고 그런 일
이 없다면 황제가 자신을 쳐 낼 수 있을 리 없지 않은가 말
이다.

"명옹을 쳐 내라 주장한 것은 만귀비외다."

"말도 안 되는!"

"혈해난장 그놈이 난 놈인 것이, 이자룡과 명옹, 왕직을
한데 묶었소."

"놈이 그 사실을 어떻게 알고!"

이자룡은 황궁에서 난동을 부린 무림인으로 당금 황제가
서창을 만들게 된 계기로 작용한 자였다.

백련교 후강림파가 키워 낸 절세의 고수로 왕직과 황사의
대계를 위해 스스로를 희생한 순교자였다.

"사실을 알고 묶은 것은 아니오. 이자룡을 원인으로 서창
이 만들어진 점에 주목한 것이지."

"설마!"

거기까지 이야기를 들으니 천기사사의 머릿속에서 하나의

생각이 떠올랐다.

"나를 모든 일의 원흉으로 만든 것인가? 황태자의 생모 독살은 물론이고 만귀비의 아들이 죽은 일도!"

"그렇소. 그 모든 일의 배후로 명옹이 지목된 것이오."

환사가 고개를 끄덕였다.

"하하……."

천기사사의 입에서 웃음이 흘러나왔다.

황제로 만들려 했던 아이가 죽었다. 그 아이야말로 만귀비의 모든 것. 그 복수를 하기 위해서라면 무슨 짓이든 할 만귀비였다.

황태자의 후원자인 대혜왕의 수작일 가능성? 만귀비가 집중한 것은 그것이 아닐 것이다.

만에 하나라도 진짜 원수일 가능성이 하나라도 있으면 충분한 일이다.

사람을 잘못 죽였다? 천, 만을 잘못 죽여서라도 원수를 죽일 수 있다면 기꺼이 그럴 수 있는 것이 만귀비 아닌가.

거기다가 그 모든 죄를 천기사사가 뒤집어쓴다면 만귀비는 황자들을 죽이고 후궁들을 죽인 악독한 여인이 아니라 천기사사의 음모에 희생당한 가련한 여인이 되는 것이다.

황태자는 친모의 원수를 갚고 만귀비는 아들의 원수를 갚는다. 그리고 둘 사이의 원한은 오해가 되어 사라진다.

만귀비를 사랑하고 황태자를 아끼는 황제에게는 그야말로 최선의 방법 아닌가 말이다.

"대동에서 장성을 무너트린 것도 결국에는 내 계략이 되겠군."

천기사사를 몰락시키기 위해 벌였던 모든 일들은 천기사사의 흉계로 기록될 것이 분명했다.

'방법이 없구나! 방법이!'

사실을 알았다 해도 너무 늦은 것이다. 지금 당장 이 모든 것을 뒤집을 방법 따위가 있을 리 만무했다.

"그런 것이었군."

천기사사는 환사가 구구절절 이야기를 풀어 놓은 이유를 알아챘다.

"이제 어떻게 수습할 방법이 없으니 내일 이 한 목숨 내놓는 것으로 후강림파의 피해를 최소화하는 것으로 만족하라 그것이군. 쓸데없는 지혜를 짜내 예상외의 일을 만들지 말고 말이야."

"과연 명옹이시오. 바로 알아들으시는구려."

환사가 손을 내밀었다. 그 손에 들린 것은 손톱만 한 환약.

"이건?"

"뭐겠소?"

천기사사의 의문에 환사가 히죽거리며 반문했다.

"독?"

"이틀이 지나야 효력을 발휘하는 놈이오. 그러니 걱정 마시고 드시면 되오."

환사가 빨리 가져가라는 듯 천기사사를 향해 손을 들이밀고 있었다.

"그냥 얌전히 죽어 주면 되는 일이 아닌 건가?"

천기사사가 환약을 집어 들며 물었다.

"최소 십만대산에서 보낸 전력이 도착할 때까지는 버텨 줘야 하오."

선강림파의 전력이 이번 일에 끼어든다는 소리다.

"선강림파가 이번 일에 나설 이유가 있는가?"

천기사사가 고개를 갸웃했다.

"몇 해 전 명옹께서 빼내 간 해추, 구양 형이 제법 영향력이 있었던 사람 아니오?"

환사가 툴툴거렸다.

"구양목, 그 친구를 따르는 이들을 싸그리 정리하겠다는 건가?"

"명옹에게 나쁘지 않은 일 아니오?"

천기사사의 말에 환사가 고개를 끄덕이며 답했다.

십만대산의 전력이 대거 나타난다면 이번 일의 주체가 중원 전역에 퍼져 있는 후강림파가 아니라 광동, 광서에 웅크리고 있는 선강림파라 생각할 것이니 후강림파인 천기사사 입장에서는 나쁜 일이 아니었다.

"놈은 그냥 놔둘 생각인가?"

천기사사가 물었다. 해원장주, 혈해난장을 이르는 말이다.

"명옹께서 놈을 만나 확인해 줘야 할 일이 있소. 그 일을 해 준다면 놈의 목이 떨어지는 것을 보게 해 주겠소."

[장로, 일어나실 시간입니다.]

귀속을 파고드는 목소리에 혈연서생은 눈을 떴다.

[일어났다.]

전음으로 대답을 하고는 몸을 일으켰다. 곁에 자고 있는 사람들을 깨우지 않기 위해 조심스레 몸을 움직였다.

"장문께서 다른 말씀은 없으셨나?"

밖으로 나온 혈연서생이 항산 문도를 보고 물었다.

"하루이틀 안에 결판이 날 터이니 조금만 더 수고하시라 하셨습니다."

"그래, 그럼 출발하지."

혈연서생이 고개를 끄덕이며 명을 내렸다.

이에 항산 문도가 소의 고삐를 끌고 달구지를 출발시켰다. 식자재를 받으러 가는 것이다.

혈연서생이 그나마 먹물 출신이라 다른 장로들에 비해 인내심이 깊고 이성적인 대처가 가능해 고산과 접촉하는 일을 맡은 것이다.

어설프게 밝아 오는 하늘을 보며 장원의 대문을 향해 두어 걸음정도 발을 옮기고 있을 때였다.

쾅!

굉음과 함께 눈앞의 대문이 박살 났다.

"이 무슨!"

혈연서생은 급히 몸을 숙이며 주위를 둘러보았다.

쾅, 콰콰쾅!

또다시 굉음이 터졌다.

"맙소사!"

이번에는 좌측의 전각이 무너져 내리고 있었다. 고산에 의해 봉인된 곳이라 인명 피해는 없겠지만 그게 문제가 아니었다.

쾅, 콰쾅, 콰르르릉!

굉음이 연신 공간을 울렸다. 그리고 그럴 때마다 건물이 박살 나고 무너지고 있었다.

"화포다! 고산 놈들이 화포로 공격하고 있는 것이야!"

상황을 눈치챈 혈연서생이 호통을 내질렀지만 그보다 더 큰 것이 공간을 울리는 굉음들이다.

그리고 굉음이 멎는 순간.

쒜에엑!

날카로운 파공성이 혈연서생의 귀를 자극했다.

"설마?"

혈연서생이 급히 고개를 들었다. 시커먼 것들이 하늘을 채우고 있었다.

"강전이다!"

혈연서생은 급히 경고성을 발하며 양손을 떨쳤다. 그런 혈연서생을 향해 강철의 비가 쏟아져 내렸다.

카카캉! 카캉!

금속성과 함께 강전의 폭우가 사방으로 비산했다.

화살의 비가 끝나기 무섭게 혈연서생은 주위를 살폈다.

"젠장!"

자신과 함께 움직이던 항산 문도는 이미 전신에 화살을 꽂고 누워 있었다.

콰르르릉!

장원의 담벼락이 무너졌다. 그리고 그 너머로 담벼락을 대신하겠다는 듯 갑주의 행렬이 나타났다.

"역천을 꾀한 역적 놈들이다! 한 놈도 빼놓지 말고 주살하라!"

"생존자를 남기지 마라!"

"역적들을 멸절시켜라!"

사방에서 터져 나오는 명과 함께 갑주의 행렬이 파도와 같이 들이닥치고 있었다.

"빌어먹을 천기사사! 호언장담을 하더니!"

개개인이 갑주로 전신을 두를 정도로 충실한 무장에 화포와 철시 같은 비싼 무기를 아낌없이 쓸 수 있는 곳은 황궁을 지키는 군사들. 금군밖에 없었다.

혈연서생이 그렇게 주춤하는 사이 그의 정면에 선 금군의 무리가 반응했다.

"죽여!"

쒜에엑!

쇠뇌수가 쏘아 낸 강전들이 혈연서생을 향해 날아갔다.

"이것들이!"

혈연서생이 노성을 토하며 바닥을 박찼다.

카카킹!

강전이 허공으로 튕겨 남과 동시에 그의 신형이 한줄기 살(蝨)이 되어 갑주의 행렬을 덮쳤다.

쾅! 콰쾅!

난무하는 강기에 피와 쇠가 사방으로 비산했다. 순식간에 십여 명의 금군이 형체도 알 수 없게 뭉개졌다.

'개개인이 못해도 일류 무인이다!'

혈연서생이 금군과 거리를 벌렸다. 십여 명을 단숨에 격살하기 위해 쏟아 부은 힘이 적지 않은 탓에 잠시 숨을 돌리기 위해서였다. 하지만 그것이 실수였다.

탕!

갑주의 행렬 뒤쪽에서 터져 나온 소리와 함께 혈연서생의 옆구리가 순식간에 한 움큼이나 뜯겨 나갔다.

"이런 개⋯⋯."

탕, 타타탕!

연달아 터지는 굉음에 혈연서생은 얼른 바닥을 굴렀다.

"다 죽여 주마!"

바닥에서 몸을 일으키기 무섭게 가까운 금군을 덮쳐들었다. 강기가 서린 손의 궤적을 따라 갑주째 두 사람의 몸이 찢어졌다. 그리고 세 번째 희생자를 향해 나아가는 손의 앞에 한 자루 칼이 세워지며 강기를 뿜었다.

카캉!

금속성과 함께 혈연서생의 몸이 뒤로 밀려났다.

"젠장!"

금군에도 초극고수가 있는 것이다.

쉐액!

등 뒤에서 터져 나오는 파공성에 혈연서생은 얼른 몸을 비틀며 손을 휘둘렀다.

캉!

"씨발!"

혈연서생의 입에서 욕이 튀어나왔다. 또 다른 초극고수였
다. 그렇게 혈연서생이 두 초극고수와 대치하고 있는 순간.

탕, 타타탕!

그를 겨눈 금군의 화창들이 불을 뿜었다.

"흩어지면 각개격파 당한다!"

"후문으로!"

"후문 쪽이 그나마 허술해!"

누군가가 내지른 고함에 우왕좌왕하던 항산의 문도들이 재
빠르게 모여들었다.

초반 기습에 일방적으로 당하던 항산의 문도들은 그렇게
한곳으로 뭉치자 겨우 정신을 차리고 조직적으로 저항을 할
수 있었다.

쾅, 콰콰쾅!

하지만 상대는 조직적으로 움직이는 데 이골이 난 군대다.
항산의 문도들이 머릿수를 불려 저항을 하자 산발적으로 동
원하던 쇠뇌와 화창, 화탄을 동시다발적으로 사용해 적들을
죽여 나갔다.

'과연 금군.'

천기사사는 항산 문도들을 도륙하는 금군의 전력에 감탄을 금할 수 없었다. 금군의 힘은 화탄과 화창 같은 강력한 무기만이 아니었다. 개개인의 기본 무력 또한 출중했다. 대다수가 일류의 무위를 가지고 있는 것은 물론이오, 절정과 초극 지경에 이른 무장들도 즐비한 것이다.

그뿐이랴, 상대방을 말살하기 위해서는 개인의 체면 같은 것은 따지지도 않는다. 흑도 거마 출신으로 자존심 강한 항산의 장로들은 뒤통수치기 딱 좋은 상대일 뿐이다.

그 실례로 강기를 줄기줄기 뿜으며 저항하던 항산 장로 하나가 박살 나는 것이 천기사사의 눈에 보였다.

콰쾅!

"크아악!"

튼실한 방패를 든 눈앞의 초극고수를 신경 쓰다가 발밑으로 슬그머니 굴러들어온 화탄에 폭사당한 것이다.

"장문, 이대로라면 몰살이오!"

"장문, 수가 없는 것이오?"

좋지 않은 전황에 항산의 장로들이 몰려와 천기사사를 닦달했다.

"후문 쪽으로 괜히 모이라 한 것이 아니오."

천기사사가 후문 쪽을 틀어막은 금군을 가리켰다. 뚫고 나가려는 항산 문도들을 철벽처럼 막아서는 금군의 위용이 항산 장로들의 눈에 들어왔다.

"천기……."

항산의 장로가 막 분통을 터트리려는 순간.

"기습이다!"

"후방에 적이다!"

금군들 사이에서 당혹성이 터져 나왔다. 그리고 그들의 배후에서 강기와 검기가 치솟으며 피와 살이 난무하기 시작했다.

"지원군?"

어디서 갑자기 나타난 작자들인지 모르지만 천기사사가 기다리고 있었고 자신들의 적들을 살상하고 있는 것이 같은 편이 분명했다.

"이때다!"

"전력을 집중시켜!"

"포위망을 뚫는다!"

금군의 일각이 허물어지자 항산 장로들이 목청을 돋웠고 항산의 문도들이 그 명을 따라 용을 썼다.

"한 놈도 놓치지 마라!"

"역적들을 주살하라!"

하지만 금군은 후문에 진을 치고 있는 자들뿐만이 아니었다. 다른 세 방면의 금군이 속도를 높이며 항산 문도들을 압박했다.

"후우, 후!"

천기사사는 숲 속에서 몸을 숨기며 호흡을 골랐다. 어떻게든 금군의 포위망을 뚫었다. 하지만 그뿐이었다. 항산 문도들은 물론이고 금군의 배후를 친 백련교도들은 몰살에 가까운 피해를 입고 뿔뿔이 흩어졌다.

전원 튼실한 갑주를 입은 탓에 상대적으로 발이 느릴 수밖에 없는 금군들은 추적에 맞지 않는 자들, 문제는 금군이 아니었다.

"이쪽으로 흔적이 이어져 있다!"

인근에서 터져 나오는 고함 소리. 금군의 포위망 밖으로 섬서와 산서 하남의 무인들로 이루어진 천라지망이 펼쳐져 있었다.

씹어 먹을 해원장주는 자신과 항산 문도들을 장원 안에 가둬 놓고 튼실한 준비를 했던 것이다.

"크아악!"

"커억!"

천기사사의 종적을 찾아낸 추적자들의 입에서 비명이 터져 나왔다. 천기사사가 천라지망 속에서 무사할 수 있었던 이유. 환사와 그 수하들이 추적자들을 제거한 것이다.

일각 쯤 숨을 고르고 있자니 귓가로 환사의 전음이 날아들었다.

[명옹, 준비하시오.]

해원장주가 인근에 있다는 소리다.

"황사, 근방에 있는 것을 압니다. 이제 그만 나오시지요."

고현이었다. 방평문의 호법 무진명과 고산의 무관 십여 명을 이끌고 천기사사가 몸을 숨긴 곳을 바라보고 있었다.

"어떻게 알았느냐?"

천기사사가 몸을 드러내며 물었다.

"며칠 사이에 얼굴을 두 번이나 보지 않았소? 그 정도면 충분하지 않소."

고현이 작은 자기병을 보여 주며 히죽 웃었다. 추종향을 발라 놨다는 소리다.

"내가 묻는 것은 그것이 아님을 알고 있을 텐데?"

천기사사가 아직까지 살아 있는 이유, 환사가 혈해난장으로부터 확인하고자 하는 이야기다.

"십만대산을 끌어들일 생각을 어떻게 했느냐? 뭐 그런 질문이오?"

고현이 천기사사를 보며 물었다.

"그래. 내 출신을 짐작했다면 십만대산에서 이 일을 꾸민 가능성도 높다 생각할 수밖에 없다. 그런데 어떻게 십만대산의 협조를 구할 생각을 했느냐?"

"내가 그 질문에 답을 해야 하는 이유가 있소?"

천기사사의 말에 고현이 심드렁하니 물었다.

"고약하군. 곧 죽을 사람의 궁금증도 풀어주지 못한다는 것이냐?"

"다치고 지쳤다 해도 천문위잖소."

파핫!

고현의 말이 끝나기 무섭게 사람의 팔뚝이 피를 뿌리며 바닥으로 떨어졌다.

"이 정도면 만족하나?"

자신의 팔 하나를 끊어 낸 천기사사가 이를 악물고 말했다.

"아시다시피 고산 출신이오. 백련교가 십만대산에 웅크린, 광서 광동의 패자인 선강림파와 중원 각지에서 암약하는 후강림파로 나눠져 있다는 사실을 알고 있었을 뿐이오."

"선강림파와 후강림파로 교리를 나눠 반목을 하고 있다지만 근본이 같은 백련교도다."

게다가 후강림파로 몸을 옮긴 구양목의 경우도 있었다. 내부 사정을 정확히 알지 못한다면 구양목은 선강림파와 후강림파가 손을 잡은 증거로 여길 수도 있지 않은가 말이다.

말 돌리지 말고 제대로 된 답을 내놓으라는 듯 천기사사가 눈을 부라렸다.

"이 뒤의 이야기를 듣고 싶다면 좀 더 지불하시오."

고현이 히죽거리며 말했다.

"크흑!"

천기사사의 입에서 피가 튀었다. 스스로 단전을 부순 것이다.

"방평문의 호법이신 무진명, 무 영감님이지요. 이분에 대해 알고 계십니까?"

"무슨 수작이냐?"

"모른다는 말이네요. 하아!"

고현이 한숨을 내쉬었다.

"방평문에 돈을 그렇게나 쏟아부었는데, 그게 전부 헛짓이었다니 이렇게 허망할 수가!"

고현이 투덜거렸다.

"덕분에 황하를 삼키게 됐지!"

무진명이 고현을 토닥거렸다.

'방평문과 무진명, 거기에 답이 있다는……'

순간 무진명에 대한 소문이 떠올랐다. 해원장주의 배후에서 나왔다는 이야기도 있었지 않은가 말이다.

'그 역시, 알만한 고산 사람이라면……. 그렇게 된 것이군!'

천기사사의 고개가 끄덕였다. 대강의 전후 사정을 파악한 것이다.

"어떻게 된 일인지 알겠군."

자신이 알 정도니 고산에 대해 잘 아는 환사도 알아들었을 것이 분명했다.

"이제 끝내지!"

천기사사가 고개를 들며 외쳤다.

"그럽시다."

고현이 칼을 뽑아 들었다. 고현이 자신의 코앞에 다가오도록 아무 일도 일어나지 않자 천기사사의 눈이 당혹감에 물들었다.

"좀 전까지 있던 분이 내 목을 치기로 했던 모양입니다."

고현이 싱긋 웃었다.

"어떻게?"

"이 일이 끝나면 십만대산에서 할 짓이 빤한데, 아무 대비 없이 이 자리에 섰다 생각하십니까?"

고현이 그렇게 말하며 칼을 휘둘렀다.

"이쪽을 살피다가 도망친 녀석이 자네의 목을 노리고 온 놈이라면 필시 환사일 텐데, 그놈은 기회 있을 때 죽여 놓는 것이 좋은 놈 아닌가?"

무진명이 바닥을 구르는 천기사사의 목을 힐끗 쳐다본 뒤

물었다.

"철천해마도 늙었군."

그 말에 고현의 일행, 고산의 무장 중 투구로 얼굴을 가린 자가 실소를 흘렸다.

"몇 살 차이 나지도 않으면서 젊은 척하는구려."

무진명이 퉁하니 말했다.

"네 덕에 백련교 놈들 한동안 정신없겠어."

무장이 무진명의 말을 무시하듯 딴 소리를 했다.

"공을 인정하시면 제몫을 좀 늘려 주시지요, 백부님."

"일의 전후를 살펴보면 팔황아는 혈해난장과 철천해마의 수작이야. 구양목은 팔황아의 일에 연류되어 죽었다니, 그때 만났을 가능성이 크고 해원장주라는 신분으로 있던 혈해난장은 구양목의 일 때문에 다시 고산과 접촉할 수밖에 없었다는 것이군. 고산의 인삼을 들여오며 내세운 것이 방평문과 철천해마. 그렇군. 명옹이 우리와 끈이 있었다면 철천해마의 정체를 진즉에 알아냈어야 하는 거군. 삼 년 동안 방평문에 어떤 조치도 없었던 것이 혈해난장에게 확신을 준 거야!"

"그럴듯하기는 한데, 우리가 혈해난장의 말을 믿어야 하는 거요? 본교 깊숙이 침투한 간세를 숨기려는 수작일 수도 있지 않소?"

"간세가 있어 명옹이 우리와 별다른 관계가 없음을 파악했다면 이번 일을 고산이 주도했겠지. 본교 최상부의 일을 파악한 간세라면 후계자 싸움에서 밀려난 혈해난장이 아니라 고산에서 관리하는 간세일 터니."

"고산이 주도하나, 혈해난장이 주도하나 그게 그거 아니오? 혈해난장도 최가의 일원으로 고산의 최상층부요. 막말로 후계 싸움에 밀려났다는 작자가 이런 일을 주도할 수 있을 것 같으오? 게다가 그 자리에 해령후를 불러들여 방비할 정도라면 우리가 제 놈을 제거하려 했다는 것을 알고 있었다는 말. 환사가 그 자리에 있었음을 알고 들으라고 해 준 말일 가능성이 높소."

혈해난장 덕택에 십만대산에서는 그렇게 있지도 않는 간세를 찾기 위한 난장판이 벌어졌다.

종(終)

"중원의 바다를 호령하는 당대의 해령후께서 여기는 어인 일이십니까?"

고현이 놀란 눈으로 갑작스런 방문자를 바라보았다.

"낯간지러운 소리는 그만하지."

그런 고현의 반응에 갑작스런 방문자, 당대의 해령후인 최도인이 인상을 썼다.

"야, 내가 점잖게 해령후라 불러 줬으면 너도 황하수로백(黃河水路伯)이라 불러 줘야 하는 거 아냐?"

고현이 툴툴댔다. 황하의 전권을 얻은 고현은 황태자가 황위를 물려받아 홍치(弘治)의 연호를 시작한 해에 백(伯)의 작위를 제수 받았다. 해령후가 바다의 권력자라면 황하수로

백은 말 그대로 중원의 젖줄인 황하의 공식적인 지배자였다.

"쉰이 넘어서 그러고 싶냐?"

최도인이 나이 값 좀 하라는 눈으로 고현을 바라보았다.

"나이 먹었으니 품위를 챙겨야지."

고현이 히죽 웃었다.

"그런 실없는 소리 들으려 고산에서 예까지 온 거 아니다."

최도인이 굳은 얼굴로 답했다. 높으신 분께서 직접 행차하신 것도 모자라 심각한 얼굴을 만들고 있으니 고현이 묻지 않을 수 없었다.

"그러고 보니 인삼이 들어올 때가 됐는데 소식이 없었지. 무슨 일 있는 거냐?"

"조선으로 가는 항로가 막혔다."

고현의 말에 최도인이 답했다.

"뭐?"

고현의 눈이 커졌다. 그도 그럴 것이 바다에서는 백련교를 제외하고는 상대가 없는 곳이 고산 수군 도독부 아닌가. 그런데 백련교가 자리 잡은 남쪽 항로가 아니라 그 반대인 조선 항로가 막혔다니 놀랄 수밖에 없다.

"홍씨 성을 가진 해적 놈이 유구를 점령해서 자칭 율도국이라며 나라를 세웠는데 그 힘이 만만치 않아. 뭐, 고산의 힘을 죄다 동원하면 이기지 못할 상대는 아니지만 너도 알다시피 고산은 절반 이상의 힘이 남해에 묶여 있잖아."

해금령이 지엄한 명에서 고산만이 바다에서 자유로운 이유가 바로 해상교역으로 세를 불린 백련교를 억제하기 위해서니 어쩔 수 없는 일이다.

"그 말은?"

최도인의 말에 놀람으로 커졌던 고현의 눈이 슬그머니 가늘어졌다.

"네 도움이, 황하의 전력(戰力)이 필요하다."

바다를 지배하는 해령후의 앓는 소리에 고현의 입에 슬그머니 미소가 걸렸다.

"대가는?"

〈『황하난장』 完〉

 황하난장

1판 1쇄 찍음 2015년 6월 11일
1판 1쇄 펴냄 2015년 6월 16일

지은이 | 조필완
펴낸이 | 정 필
펴낸곳 | 도서출판 **뿔미디어**

편집장 | 이재권
기획 · 편집 | 윤영상

출판등록 | 2002년 9월 11일 (제081-1-132호)
주소 | 경기도 부천시 원미구 소향로 17번길(두성프라자) 303호 (우)420-864
전화 | 032)651-6513 / 팩스 032)651-6094
E-mail | bbulmedia@hanmail.net
홈페이지 | http://bbulmedia.com

값 8,000원

ISBN 979-11-315-6508-7 04810
ISBN 978-89-6775-258-3 04810 (세트)